THE LEGE
REBUILDING W
BY REALIST
DEMON KING

CHARACTER
THE LEGEND OF REBUILDING WORLD BY REALIST DEMON KING
ジャンヌ・ダルク
「おいしいの！　魔王は天才なの！」

イヴ
「鶏肉揚げのレシピ……
流石です御主人様」

「お前には義務、
わしには権利があるようだな。
果たしてどちらが強いかな」

ハンニバル

◎世界史屈指の戦略家

アシトの前に不意に現れた歴戦の名将。
アシトの知略を見込み1冊の本を託すが、
魔王同士の大戦争は、二人を単なる
師弟の絆では結ばず——。

CONTENTS

CHARACTER

????

「お前が死んだあと、おれは何十年も生きた」

◎面で正体を隠す老獪な男

アシトと部下の土方歳三の前に姿を見せた謎の男。
狐面やひょっとこ面を身につけおどけているが、
二人が驚くほどの剣の冴えを見せる。果たして彼は……?

リアリスト魔王による聖域なき異世界改革

IV

著◎羽田遼亮
イラスト◎ひたきゆう
キャラクター原案◎ゆーげん

THE LEGEND OF
REBUILDING WORLD BY
REALIST DEMON KING

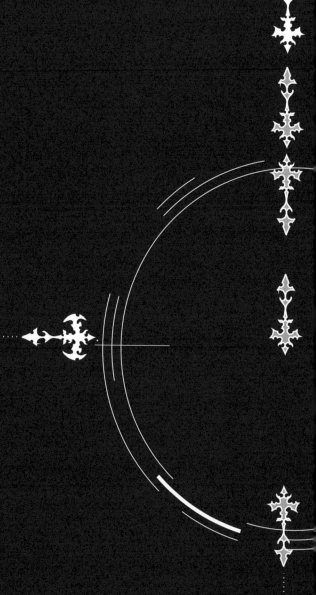

第十四章　魔王的内政

THE LEGEND OF REBUILDING WORLD BY REALIST DEMON KING

†

海上都市ベルネーゼ。

南方の島嶼《とうしょ》都市との香辛料貿易で栄える街。そこで難事をいくつか解決するとこの街の英雄として扱われる。

街総出のもてなしを受ける。連日のように宴《うたげ》を開催され、主賓となるが、いつまでも享楽にふけることはできない。

街の有力者であるマルコ・ポーロに挨拶をし、旅立つことを告げる。

かつて異世界のユーラシア大陸を横断した英雄と名残惜しげに握手を交わす。

「この街の評議会の代表としては貴殿のような有能な男に側にいてほしいが」

マルコはそう言うが、俺の代わりにメイド服姿のイヴが答える。

「マルコ様、それは叶《かな》いません。御主人様の玉体はこの世界にたったひとつ。御主人様の支配するアシュタロト城の玉座こそ、その身体《からだ》が収まる場所」

毅然《きぜん》と言い放つ。マルコもいくら言っても俺がこの街に留まることはないと分かっているのだろう。それ以上、止めることはなかった。

ただ、マルコの弟子、坂本龍馬《さかもとりょうま》の娘、リョウマだけはいつまでも俺を止めようとする。

「明日は台風がくるき」

「明後日《あさって》は風水的に悪い日取りじゃき」

「明明後日《しあさって》はわしの誕生日じゃ」

と常に俺を引き留める理由を探していた。

彼女の言葉を真に受けていたらいつまでたってもアシュタロトの城下町に帰れない。申し訳ないが、リョウマの誕生日は来年以降、祝うと約束すると荷物をまとめた。

といってもさして荷物のない俺。しかもその少ない荷物もすべて有能なメイドさんが荷造りしてくれる。

マルコに与えられた部屋でのんびり紅茶を飲むと出立の準備が整うのを待つ。ベルネーゼ側で用意してもらった立派な馬車に乗り込むと、彼らに別れを告げた。

ハーフエルフの商人、リョウマは街の入り口まで俺らを見送ると、最後の最後まで手を振っていた。

その姿を見て部下の土方歳三《ひじかたとしぞう》は言う。

「あのような美女に見送られるとは、後ろ髪引かれるとはこのことなんじゃないか」

「ああ、もしも魔王の仕事がなければ残りたいよ」

その冗談に真っ先に反応したのは聖女ジャンヌである。彼女は頬を膨らませながら言った。

「魔王は万民の魔王なの。仕事は放棄しちゃダメなの。その後ろ髪にはたくさんの民がぶら下がっているの」

正論なのでそれ以上、冗談は言わず、馬車に乗り込んだ。

海上都市ベルネーゼはさすが交易で栄えている街らしく、用意された馬車は豪華だった。外装は王侯貴族が使うに相応《ふさわ》しいものだったし、内装もビロード張りだった。

俺たちがくるときに使った馬車が子供のおもちゃに見えるほどだ。しかも、その馬車を率いる馬が皆、駿馬《しゅんめ》であり、馬車を引く速度は軽快だった。数日早く帰還できそうだ。

「なにごとも起こらなければ、だけど」

口の中で軽く皮肉を言うが、その皮肉が現実のものにはならなかった。俺たち一行は無事、アシュタロト城に到着する。

城に入ると民が俺の馬車を囲む。

最初、暴動かな、と思ったが違うようだ。なんでも彼らは潤沢に食料が購入できるようになって嬉《うれ》しいらしい。

しかもその食料を調達したのが俺だと知っているようだ。

帰り際から風魔小太郎《ふうまこたろう》が見えないので、彼が噂《うわさ》を流布させたのだろう。気が利くと言えば気が利くが、まさかこんな盛大に迎えられるとは思っていなかった。

いつの間にか馬車にやってきた風魔小太郎は言う。

「これでも控えめなほうだ。おぬしのおかげでタイロンという豪農が蔵を差し出してくれた。それだけじゃなく、ベルネーゼから適正価格で食料を輸入できるようになった。高騰していた食料価格は一気に下がり、今じゃ周辺都市でも一番の豊楽《ほうらく》都市になっている」

「そうか。それは良かった」

心の底から言うが、そんな俺にイヴは語りかける。

「それでは御主人様、民にそのご尊顔をお見せください。馬車の窓を開け、手をお振りくださいませ。民は喜ぶでしょう」

「気恥ずかしいな。まるで舞台俳優や人気歌手だ」

「それ以上の存在ですわ。ささ、早く」

とイヴは窓を開ける。

すると集まった民衆の熱気がむわっと入ってくる。

「アシュタロト様だ。アシュタロト様のお顔が見れるぞ！」

と騒ぎだした。

まるで大スターのようである。今にも馬車は押し倒されそうな勢いであったが、土方歳三と風魔小太郎が馬車の外に出て警備をすると、さすがにそういう事態にはならなかった。

俺は民衆の感謝に応えるため、馬車の速度を落とし、窓から彼らに向かい手を振り続けた。

民衆は「アシュタロト様、アシュタロト様」と馬車を囲むように俺の城の前まで付いてきたが、さすがに城の中までは入ってこなかった。

「さすがはアシュタロトの民です。わきまえています」

とはイヴの言葉だった。

「まあ、自由に出入りされても困るが、そのうち機会があったら市民のために城を開放したいな」

「それは良《い》いアイデアかもしれません」

「昔、日本の天皇は年始や節分に御所を開放し、京師の民草を招いていたそうだ。あとはヴェルサイユ宮殿なんかも民に開放した記録が残っている」

「民に御主人様の寛容さと慈悲を示すと同時にこの城の素晴らしさを喧伝《けんでん》できます」

「だな。この城はドワーフのゴッドリーブ殿が拡張し、メイド長のイヴが維持してくれているからな。俺が生まれた当初の廃城感がなくなっている」

七二番目の魔王アシュタロトが生まれたとき、この城は今にも朽ちそうであったが、地道に素材を集め、拡張した結果、今ではどこに出しても恥ずかしくない威容を誇っている。まるで中世のヨーロッパの古城のようになっている。

今ならばどのような大軍に攻められても安心なくらいの防御力を誇っていた。それに外見も立派で周辺の魔王や人間の貴族に見劣りしないレベルになっていた。

生まれた当初を思えば隔世の感がある、そんな感想を抱きながら、城の門をくぐると、改めて自分の城を見上げた。

ベルネーゼで酒池肉林の歓待を受けたが、やはり自分の城が一番落ち着くことに気が付いた。

「早く執務室に入って、仕事がしたい」

そう言うとイヴはおかしげに口元を押さえ、

「御主人様は仕事中毒にございます」

と言った。

その通りなので否定しようがなかった。

†

民から熱烈な歓迎を受けたが、その民に失望を与えないため、帰るなり早々、執務室へ向かった。

数週間、ベルネーゼに滞在した俺。当然、その間の仕事が山積みになっていた。

通常の決裁は留守役のドワーフ、ゴッドリーブがこなしてくれたが、さすがにすべての決裁はできない。重要なもの、俺にしか扱えないと判断されたものは、俺の執務室の机に積まれていた。

「…………」

その書類の高さはため息《いき》が出るものだったが、こなさないという選択肢はない。

俺は聖女ジャンヌや歳三のように城に着くなり、自室でいびきをかくような贅沢《ぜいたく》は許されない。

いつ、なんどきも民のことを思い、彼らの生活を考えなければいけないのだ。

メイドのイヴも俺の性格を熟知しているのだろう。休みませんか、とは言わずに「コーヒー」を用意してくれた。

コーヒーとは海上都市ベルネーゼからの贈り物。豆状の植物で焙煎《ばいせん》して粉状にしてお湯に溶かして飲む飲み物だ。

とても優れた覚醒作用があり、飲めば眠気がぶっ飛ぶ「ワーカホリック」の友人のような飲み物だ。

俺はこの豆をリョウマ殿から貰《もら》って以来、紅茶の次に愛飲していた。

紅茶は仕事が一段落し、ほっとしたいときに。コーヒーは仕事が山積みになり、夜半まで処理したいときに飲む。使い分けているわけだが、さて、今日は何杯のコーヒーを飲むことになるか。山積した書類を見るとため息が出てくるが、支配者としての責務を怠るわけにはいかなかった。

しばしコーヒーとともに書類を整理していると、コンコンとノックする音が聞こえた。実際に扉を叩《たた》いたのではなく、口で発した擬音だったが。

見ればドワーフのゴッドリーブが執務室の中にいた。彼は霊体なのでノックできないのだ。

俺は改めて青白いドワーフを眺める。

彼の名はゴッドリーブ。土のドワーフ族の族長。彼とはかれこれ数ヶ月の付き合いになる。彼は肉体を持っていたときから有能な男であったが、死んで霊体になってからも有能な男だった。

武辺者が多い俺の部下の中でも数少ない能吏で、内政官や技術者として大いに役立ってくれていた。また俺がアシュタロト城を留守にするときの留守役を務めてくれており、その役目を完璧に果たしてくれてもいる。彼のような優秀な人材がいるからこそ、安心して外出できるというものである。

改めて寡黙なドワーフの長に感謝の言葉を述べると、彼は笑って返した。

「なあに、死してなお、魔王殿の力になれるのは光栄なことだて。我が里のドワーフたちも大切にしてくれるしな」

「土のドワーフ族には、アシュタロト城の発展に大きく寄与してもらっています。有り難いことです」

「持ちつ持たれつということだな」

「そのようです」

と笑みを浮かべて返答すると、ゴッドリーブは珍しく提案をしてきた。

「魔王殿、もしも良ければだが、土のドワーフ族のため、新たな施設を建設してくれないか」

「新たな施設ですか……？」

「左様。実は土のドワーフ族は鶏が大好きなのだ。しかし、このアシュタロトには大規模な鶏舎がなく、安い鶏肉《とりにく》を食べられない」

「たしかにこの街には鶏舎はないな」

牛舎や養豚場はあるが、鶏舎はなかったはず。この街で流通している鶏肉の過半は輸入物か、付近の農家が育てている地鶏《じどり》だった。

俺は「ふむ……」と己のあごに手を添えると思考を言葉にした。

「たしかにそろそろ鶏舎を建設すべきかもな。鶏肉は保存食にできないから後回しにしてきたが」

牛肉は日持ちする。豚肉はベーコンやソーセージにして保存食にできる。だが、鶏肉は足が早いため、すぐに腐ってしまう。

しかし、鶏は肉だけでなく、卵も取れる。鶏卵は栄養たっぷりで滋養に満ちている。そろそろ大量生産し、市場に安定供給させたいところであった。鶏肉も卵も市場で安価に手に入れば、人口増加に寄与してくれるだろう。

そう思った俺は鶏舎を建設することにした。

自身はもうなにも食べられないのに、ゴットリーブは我がことのように喜ぶ。土のドワーフ族の喜ぶ姿を見ることができるのが嬉しいのだろう。

俺は彼とその民に報いるため、我が街の財務卿《きょう》を呼び出す。——メイドのイヴのことだが。

この街の財務を知り尽くしているイヴは、最初こそいい顔をしなかったが、ドワーフの民が鶏肉を求めていること、鶏が生み出す卵が市民の栄養事情を改善することを熱弁すると、建築費を捻出してくれた。

俺とゴッドリーブは、メイド服を着た財務卿に感謝すると、ふたりで相談しながら鶏舎の設計図を書いた。

その姿を見てイヴはため息を漏らす。

「殿方は新しいものを作るのが大好きですね」と。

まったくもってその通りなので反論できない。俺とゴッドリーブは新しいもの、新しい施設が大好きなのだ。隙があれば資金と素材を使用し、建てようとする。

イヴはそのことに呆《あき》れているようだが、俺とゴッドリーブがただ遊びのために施設を建てないことも熟知しているのだろう。口では呆れていても、終始、俺たちに協力してくれた。

俺とドワーフの技術者のために、紅茶を何杯も注ぎ、夜食を何食も作ってくれた。俺がベッドに入って眠るまで、彼女も起きて俺を見守ってくれた。

陰ひなたなく俺をサポートしてくれるイヴ。彼女のような有能で献身的なメイドを手に入れたことは、俺にとって最大の幸福である。改めてそのことを再確認した。

†

アシュタロトの城下町に鶏舎を建築することになった。

鶏舎は牛舎や養豚場よりも建設が難しい。俺が建設しようとしているのはいわゆるブロイラー型式だからだ。

たくさんの鶏を同時に飼い、餌を与え続けて太らせる施設を作りたかった。

ジャンヌは、「フォアグラみたいなの」と評するが、発想は似ている。

栄養価の高い餌を大量に与え、一気に肥え太らせて出荷するのが俺の作戦だった。雄と雌はしっかりと分け、雌は卵をたくさん産ませたい。

雌が卵を産んだら、ころころと転がって自動的に卵が集まる機構なども付けたかった。さすれば人件費を減らせ、鶏肉と卵を安くできるからだ。

俺の無茶難題の要求もドワーフの名工にとってはさほど難しいことではなく、卵の衝撃を吸収する素材を用意してくれれば付けられると明言した。頼もしい限りである。さっそく、クラインの壺《つぼ》で衝撃吸収素材を取り出すとゴッドリーブに渡した。

あとは彼が設計図を引き、彼の弟子たちが建設してくれるのを待つだけだが、その建設も一ヶ月とかからなかった。事前に用地は買収してあり、地盤工事なども済んでいたからだ。

木の枠組みや煉瓦《れんが》なども調達してあったので、あとは建設するだけの状態だったのだ。しかも、今は他国との紛争を抱えていないので、軍隊も動員できた。やはり、暇な巨人やトロールは重機として最高の人材であった。

このようにして鶏舎は建てられるが、鶏舎が建ったあとの処置も早めにしておく。

鶏舎で飼う鶏の用意と、その鶏が食べる餌の用意である。鶏舎は鶏を密集して飼うので、できるだけ病気に強い品種を選び、栄養のある餌を食べさせたかった。

品種は異世界でもっともポピュラーな『アウロラ』という品種と、南方の山に棲息《せいそく》する『ヒクイ』という品種を掛け合わせる。アウロラは多産で病気に強く、ヒクイは身がしっかりし、大きめの卵を産む。生産性と味を両立させようというわけである。

問題なのは餌であるが、これは諸葛孔明《しょかつこうめい》殿の力を借りる。鶏にも造詣が深い孔明殿は、餌にマンドラゴラを混ぜると良いと提案してくれる。

「マンドラゴラを混ぜれば鶏は病気に強くなり、雌は毎日卵を産むようになります」

彼の手紙の末尾には「ただし、卵の殻が真っ赤になりますが」と付け加えてあったが、問題なかった。むしろ、アシュタロト産の鶏卵が真っ赤になれば、一目で分かり、ブランド価値が生まれるかもしれない。

取りあえずは街の人々の栄養源にしたいが、最終的には他の都市にも輸出できるくらいにしたかった。

さて、こうして鶏の生産準備は始まったが、もうひとつやっておかなければいけないことがある。

それは生産した鶏肉の使い道だった。正確には卵を産まなくなった雌鶏《めんどり》の用途だ。

卵を産まなくなった雌は、普通、潰して肉にするのだが、歳を取った雌はあまり美味《おい》しくない。

やはりどのような生物も若いほうが美味しいのである。

その欠点をどう克服するか、幹部と話し合っていると、会議室のドアを叩くメイドさんが現れる。

彼女はワゴンを引いており、その上にはたくさんの鶏肉が置かれていた。

とても香ばしい匂いが会議室を包む。

「これはなんなの？」

会議室にいた聖女ジャンヌは目を輝かせて尋ねる。

「これはフライドチキンというものです」

「フライドチキン……」

全身の水分を涎《よだれ》にし、見つめる聖女様。

「これは鶏肉に衣を付けて揚げた食べ物です。御主人様がレシピを考案なさいました」

「まじで！　すごいの！　魔王」

「すごくはないよ、ただ、油で揚げただけだ」

「ですが、油で揚げる前にいったん蒸し上げる工程、衣にたっぷりの香辛料を入れるのは御主人様オリジナルです」

「どうして最初に蒸すの？」

ジャンヌが尋ねてくる。

「火の通りを均一にするためだ」

「香辛料は？」

「スパイシーに食べられる。それにベルネーゼから大量の香辛料が届くようになったからな、活用しないと」

「魔王は天才なの。……むしゃむしゃ」

ジャンヌは誰よりも先にフライドチキンに手を伸ばし、口に放り込んでいる。

ひとりで全部食べてしまいそうな勢いだったので、なくなる前にこの場にいる連中に一本ずつ分け与える。

ジャンヌは怨《うら》みがましくこちらを見るが、無視すると続ける。

「フライドチキンにすれば年老いた鶏も美味しく食べられる」

「ですね」

イヴは首肯する。

「俺はこのレシピをくれた英雄に感謝を表すため、この料理を提供する店の名前に彼の名前を付けようと思っている」

「まあ、この料理は御主人様の発案ではないので？」

「ああ、異世界の文献を調べたら載っていた」

「異世界はご馳走《ちそう》があふれているのですね」

「しかし、その文献は虫食い状態で肝心の英雄の名前が歯抜けなんだよな」

「どのように抜けているのですか」

「○ーネル・サン○ース、というらしい。この料理の発案者は」

「……ネル、サンス、ですか」

「ああ、このように旨《うま》い料理を発案してくれたのに、名前すら残っていない。残念だ」

だが、嘆いてばかりもいられない、と続ける。

「取りあえず読み取れる文字から取って、ネルサスという店にしようと思っているんだが」

「それは素晴らしいですわ。響きがいいです」

「たしかにいいの」

とジャンヌは骨までしゃぶりつきながら同意している。

「あとはその文献によると、ネルサスの前には必ず白い服を着た老人の人形が立っているらしい」

「なにそれ、不気味なの……」

ジャンヌは言う。

「同意だが、それが本場のネルサスらしい。目立つかもしれないし、俺たちも老人の蝋《ろう》人形を作ろうか」

俺が提案すると、ドワーフの若手技術者がさっそく作ってくれた。

真っ白な法衣《ほうえ》、魔法使いのようなあごひげ、人の良さそうな顔、子供に好かれそうな人形ができあがったが、どこか違うような気がする。

俺はしばらく首をひねると、顔が寂しいことに気が付き、蝋人形に眼鏡をはめる。

すると蝋人形から名状しがたい個性のようなものが出る。

「これは流行《はや》るぞ」

そう確信した俺は蝋人形を数体作らせると、「ネルサス・フライドチキン」の店を五店舗、アシュタロト城下に作らせた。

いきなり五店舗は拙速だと言うものもいたが、鶏舎が完成し、ネルサスもできあがると、ネルサスはアシュタロト城の名物となる。

遠方から商売できた商人も絶賛する街の社交場となった。

こうしてアシュタロトの街の名物は鶏肉となり、市民の栄養事情は大幅に改善された。

†

鶏舎を建設し、大量に市場に肉を出回らせた。

ネルサス・フライドチキンという店を作り、フライドチキンという料理を普及させた。

内政の効果としては上々であろう。

当初の目的通り、ドワーフたちは連日のようにネルサスに通い鶏肉を食べている。彼らの族長であるゴッドリーブも満足していたし、もはやなにもいうことなどないのだが、もうひとつだけやりたいことがあった。それは卵を使った名物の開発である。

卵はとても栄養価の高い食べ物であるが、衝撃に弱いため、遠方への輸出に向かない。そこをなんとか改善したかった。

「だから鶏舎の隣に見慣れぬ工場を建てたのですね」

イヴはかしこまりながら尋ねてくる。

「正解だ。ゴッドリーブ殿に攪拌機《かくはんき》を作ってもらった」

「攪拌機、でございますか？」

「混ぜる機械だな。イヴも小型のを使っているだろう」

「はい。ゴッドリーブ様に頂きました。メレンゲを作るときなどに活用しています」

「俺はそれを使ってマヨネーズを大量生産し、輸出品にしたいんだ」

「マヨネーズ、でございますか？」

「ああ、マヨネーズだ」

「どのような食べ物なのでしょうか」

「卵黄を攪拌して、そこに酢を入れただけのシンプルな調味料だ」

「栄養豊富そうです。あとサラダに合うかも」

「正解だ。マヨネーズは栄養豊富で、サラダにぴったりなんだ」

「それも異世界の食べ物ですか」

「そうだな。しかもマヨネーズは栄養満点で旨いだけじゃなく、保存が利く」

「保存食なのですね」

「ああ、なんとマヨネーズには賞味期限がないのだ」

「それは本当ですか？」

イヴは目を丸くさせる。

「本当だよ。マヨネーズは蜂蜜と一緒で腐らないんだ。卵黄なのに不思議だよな。酢が卵黄をコーティングするから長持ちするらしいが、まあ、詳しいことは知らない」

知っていればいいのは、マヨネーズは旨く、保存が利き、栄養満点だということだけ。この食品は輸出にぴったりなのだ。

海上都市ベルネーゼから仕入れる香辛料や穀物の対価としてこれ以上相応しいものはないだろう。

俺はマルコ・ポーロとリョウマがサラダにマヨネーズを掛けながら食す姿を想像すると、マヨネーズ工場の建築にも精力を注いだ。


数週間後、マヨネーズ工場も無事完成する。

そこで製造された初めてのマヨネーズ。瓶に入った白い固形物は俺が文献で見たマヨネーズそのものだった。

文献にはマヨネーズはなんにでも合う、とのことだったのでパンに塗って食してみる。

試食会の会場にいたイヴとジャンヌは食い入るように俺を見つめる。

イヴは俺の身を案じ、ジャンヌは羨ましそうに見ていた。両極端である。

ガン見されると食べにくいが、気にせず口に運ぶ。白い固形物の載ったパンは思いのほか美味しかった。

「こってりとしているけど、酢の酸味が利いていてさっぱり食べられる。豊潤な味わいだ」

その言葉を聞いたジャンヌは瓶から直接マヨネーズを食べる。指についたマヨネーズをねっとりと食べる姿はどこか艶《なま》めかしいが、ジャンヌは「旨い！」と絶賛していた。

ハラペコ聖女様のお墨付きをもらえたわけであるが、鬼の副長こと土方歳三の評価はどうであろうか。彼にも瓶を差し出し、試食を勧める。

歳三は恐る恐る人差し指の先にマヨネーズを付けて舐《な》めるが、あまりお気に召さないようだ。眉をひそめている。

「おかしいな。土方歳三は無類のマヨネーズ好きと聞いていたが」

「どこでそんな話になったのだ」

「前世の文献で見た」

「間違った情報だ」

「まあ、たしかにすべての文献が正しいわけではないが」

気を取り直すと、最後にイヴに試食してもらう。彼女はアシュタロト城の財務卿であるが、同時に料理長でもある。彼女が気に入らなければマヨネーズは商品として失敗だろう。

俺はイヴの目の前にマヨネーズを置くと、彼女は紅茶用のさじでマヨネーズを食した。

テイスティングするようにマヨネーズを食べるイヴ。彼女は軽く目を閉じると、こうつぶやいた。

「……卵と酢の宝石箱のようです。最高のコラボレーション」

うっとりとした表情と台詞《せりふ》を漏らす。どうやらイヴはマヨネーズをお気に召したようだ。

いや、お気に召したというレベルではない。イヴは一口でマヨネーズに恋してしまったようだ。

翌日からアシュタロト城の食事には必ずマヨネーズが用いられるようになった。

定番のグリーン・サラダはもちろん、ピザにもマヨネーズをトッピングするイヴ。他にも魚のムニエルや揚げ物にも掛けるようになる。

カロリー過多、という言葉が頭に浮かぶが、あまり潤沢にカロリーを取れないこの世界ではこれくらいが丁度いいのかもしれない。素直にイヴのマヨラー料理に舌鼓を打つ。

ただ、さすがに一ヶ月、マヨネーズ料理が続くと飽きてくるが。特に歳三には大不評で、「これ以上、飯に白いものを掛けるなら、出奔する」と言い張り、妓楼《ぎろう》に籠もってしまった。さすがに今、歳三に抜けられたら大変なことになるので、イヴを説得する。マヨネーズを掛けるものを厳選してくれ、と頼み込む。

アシュタロト城の将来をなによりも憂うイヴは即座に了承してくれるが、俺は見逃さなかった。彼女が自分用の食事に山盛りのマヨネーズを掛けるところを。

彼女は自分用に作ったオムレツに山盛りのマヨネーズを添えていたのだ。見ているだけで胸焼けしてしまうが、アシュタロト城のメイド長はマヨネーズが大好きなようだ。

鶏舎を作り、マヨネーズを量産して良かった。幸せそうにマヨネーズ・オムレツを食すメイドを見て、心の底からそう思った。

第十五章　イスマリア伯爵からの使者

THE LEGEND OF REBUILDING WORLD BY REALIST DEMON KING

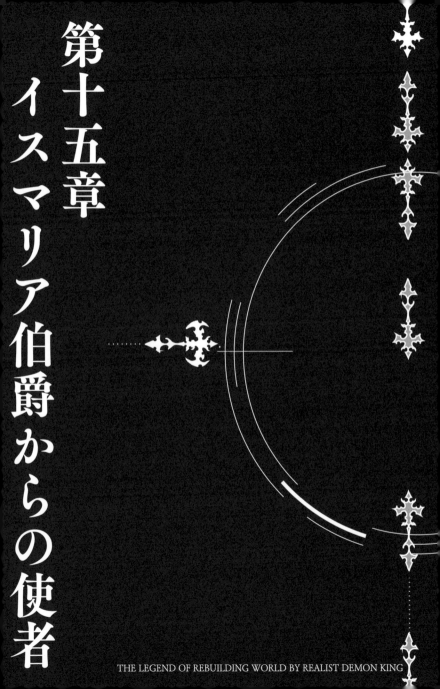

†

アシュタロト城の内政を充実させていると、ある日、俺の元に使者がやってくる。隣国の使者だった。

どこで見たことがある使者だ。そういえば俺がこの城で生まれてから初めてやってきた使者だった。

居丈高で立派な皇帝髭《ひげ》が特徴的の老騎士が、最初に会ったときと同じように偉そうに言った。

「魔王様におかれましてはご機嫌麗しく……」

最初にあったことより言葉遣いが丁寧なのは、俺の勢力が伸張したからだろう。今やその領土の大きさは彼の仕える伯爵をしのぐ。

国力差に応じて不遜な成分は減っているが、それでも老騎士は生まれつき頭が高いタイプなのだろう。それに俺にはめられたことも忘れていないようだ。釘《くぎ》を刺してくる。

「このたび、ワシはイスマリア伯爵の名代としてきた。先日は見事に騙《だま》されたが、先日のことは水に流してやろう。以後、互いに駆け引きをするようなことはなく、対等な外交関係を結びたい」

騙すとはイスマリア伯爵に下る振りをして、魔王サブナクと戦わせたことを指しているのだろう。やはり根に持っているようだ。

そりゃそうか。結局、あの一戦でイスマリア伯爵の戦力は疲弊し、その間、俺は魔王サブナクを倒し、急成長を遂げた。

最初にした下るという約束も有耶無耶《うやむや》にしてしまったし、恨むな、というほうが無理である。しかし、そのような相手から「同盟」の申し出がくるなど、意外であった。

思わず真意を確かめてしまう。

「イスマリア伯爵は俺を恨んでいると聞く。俺を表裏比興のものと唾棄しているという噂を聞くが」

「もちろん、我が主は誇り高いお方。貴殿の裏切りに憤慨しておられる。しかし、それでも伯爵は万民の指導者でもある。昨今、貴殿の領内にある水源を巡って民同士が争っている。その争いをこちらに有利なように調停してくだされば、すべての一件はなかったこととし、「不戦同盟」を結びたいとおっしゃられている」

「ふむ……、水の利権か」

とイヴのほうを見ると、彼女はこくりとうなずく。

「たしかに伯爵領との間にそのような案件が持ち上がっています。今はまだ武力衝突に発展していませんが」

「そのうちなるかもしれないということだな。……よし、いいだろう。その水の利権、伯爵領側に渡そう」

「おお、真か!?」

老騎士は髭を震わせる。

「真だ。先日の借りもあるし、そもそも俺は伯爵と対立したくない」

「我が主人が聞けば喜ぶことだろう」

「ああ、是非、よしみを結びたいと伝えてくれ」

老騎士はこくりとうなずくが、こう続ける。

「よしみを結ぶのは結構だが、その証《あかし》のために玉体を我がイスマリア領までお運びくださらぬか？」

「イスマリア領に？」

「主人が是非、一緒に酒を飲み交わしたいと言っておる」

「渡される酒は毒酒かな」

老騎士に聞こえないよう言ったが、俺はイスマリア領に訪問する旨を伝える。

それを聞いた老騎士は満面の笑顔を浮かべ、頭を下げた。

交渉をまとめた老騎士は、そのまますぐアシュタロト城を出立し、イスマリアへ帰還する。

その様子を城の窓から眺めていると、イヴは控えめに提言してくる。


「御主人様、イスマリア領訪問ですが、イヴは反対にございます」

「どうしてだ？」

「毒酒を飲まされるからです」

「なんだ、イヴには聞こえていたのか。さすがは魔族だな」

冗談めかして笑うが、イヴはつられて笑うことはなかった。

「あの老騎士は謀《はかりごと》をするタイプではないよ。頭は高いが根が単純だ」

「そうでしょうが、その後背にいるものはそうではないでしょう。伯爵は必ず御主人様の命を狙います」

「だろうな。俺が伯爵でもそうする」

「みずから虎口に飛び込むつもりですか？」

「ああ、今ならばその虎の歯が抜け落ちた部分を知っているからな。そこにすぽっと挟まってやり過ごすつもりさ」

「やり過ごしたあとはどうするのですか」

「そのあとはイスマリア伯爵に信義がないことを宣言し、逆に攻め入るのもいいかもしれない。一《いっ》気呵成《きかせい》に滅ぼしてしまうのもありかもな」

「敵の策にあえて乗り、その策を逆用して大義名分を得る、ということですか」

「一言で言うとそうなる」

その言葉を聞いたイヴは、大きくため息をつく。そのため息には不安や不満の成分はなく、感嘆の成分しかなかった。

「さすがは御主人様です。まさに謀神でございます。このイヴの心配など無用にございました」

「いや、心配してくれて嬉しいよ。俺とていつも最善を選択するわけではないからな、今後も忌憚《きたん》なく意見をくれ」

「御意」

と微笑《ほほえ》むイヴ。

彼女のように聡明《そうめい》で献身的なメイドは貴重である。俺は謀神と呼称されているが、はかりごとの神と呼ばれても失敗することはあるのだ。

良い君主とは有能な家臣を多く集め、その進言を聞くことだと思っていた。家臣たちが発言しやすい環境を作ることだと思っていた。

自分ではその環境を用意できていると思っていたが、部下が俺に萎縮したり、あるいは俺を信頼し過ぎてなにも発言しなくなる、ということは十分考えられた。

なのでイヴのようにどこまでも俺を心配し、不審な点を指摘してくれるのは本当に有り難かった。

彼女のようなメイドを持てて幸せであるが、ひとつだけ欲を言えばイヴのような存在がもう少し欲しかった。

俺の配下には、新撰組《しんせんぐみ》副長土方歳三、オレルアンの乙女ジャンヌ・ダルク、人狼《じんろう》のブラデンボロ、鬼謀の軍師諸葛孔明、土のドワーフ族の族長ゴッドリーブ、戦国最強の忍者風魔小太郎、などがいるが、政治を相談できる相手が少なすぎた。皆、武力一辺倒か、内政一辺倒か、謀略一辺倒の存在だった。

イヴのように戦略や政略に詳しい人材が不足しているのである。

是非、イヴに負けない人材を揃《そろ》えたい。

ただ、戦略家というものは得がたい人材である。早々簡単に得られるものではない。だから俺は今いる戦略家を大切にするべきだと思った。

イヴに尋ねる。

「休暇と給金どっちがほしい？」

彼女が欲しがるものを与えて機嫌を取ろうかと思ったのだが、そのもくろみは失敗する。

彼女は涙目になりながら、

「なにかわたくしは粗相をしましたでしょうか」

と言った。

イヴは一分一秒たりとも俺の側を離れたくないらしく、彼女にとって休暇は地獄の責め苦も同義なのだとか。

給金のほうも無償の奉仕をなによりも尊く思い、逆に彼女がお金を払いたいという始末。

この世界で一番の忠誠心を発露させるメイドさんにそこはかとなく感動した俺は、城下町へおもむき、彼女のために花を買った。

また花とはワンパターンだと自分でも思ったが、朴念仁である俺には他に女性に謝意を伝える術を知らなかったのである。

幕末一のプレイボーイである土方歳三あたりに相談すれば、押し倒して接吻《せっぷん》でもしろ、というのだろうが、草食系魔王としては難易度の高い行為だった。

肉食系魔王になるのはもう少し先でいいだろう。そう思った俺は、贈った赤いバラを嬉しそうに花瓶に活《い》けるメイドさんの後ろ姿を見つめながら、イスマリア領に向かう人選を進めた。

†

イスマリア伯爵領への訪問は最小限の人数で行いたかった。

理由はふたつあって、ひとつはあまりにも大量の人間で押しかけると相手を不安にさせるというものであった。

せっかく（表向きは）和を結ぼうとしてくれている相手に対し、警戒心を抱かせるのはよくない。随行者は最小限に絞るべきだろう。

一応、幹部連中を集めて付いていきたいものはいるか尋ねたが、会議室にいた幹部全員が挙手をした。

スライムの幹部ですら、変幻自在の身体で手の形を作り、ぷるぷると手を伸ばす始末。

自己推薦の無意味さを悟った俺は、まずは連れて行けない連中から名前を挙げる。

「まずはイヴはお留守番だ」

その言葉を聞いてイヴは珍しく抗議をしてきた。

「なぜ、わたくしがお留守番なのでしょうか」

「今回の旅は危険を伴うものだ。というか、危険しかないと思っている」

「それはイスマリア伯の腹の中にどす黒いものがある、という意味か」

その質問は歳三のものだった。

俺はこくりとうなずく。

「おそらくだが、いや、たぶん、俺がイスマリアに行けば確実に捕縛されるだろう」

「それを知ってて旦那は虎口に飛び込むのか」

「ああ、馬鹿だと思われるかもしれないが、これはチャンスでもあるからな」

と、ここで改めて俺の戦略を披瀝《ひれき》する。

「イスマリア伯爵は俺を捕縛するだろう。そして俺の身と引き換えに領土割譲を要求するはず。そうだな、旧エリゴス城は差し出さなければいけないかもしれない」

「魔王様の御身と引き換えならば全領土を差し出さなくてはならないかも」

「それは俺を過大評価しすぎだが、アシュタロト軍は俺がいなくなれば崩壊する。要求は呑《の》まざるを得ないだろう」

しかし、と俺は続ける。

「逆に言えば交渉相手を騙して捕縛する、というのは天下の悪事だ。それをもってやつの領土に攻め入る大義名分を得られる」

「通常、人間の領土に侵攻すれば人間の国々が騒ぎ出すからな」

と解説してくれたのはドワーフのゴッドリーブだった。

「ああ、やつらは魔族を恐れるからな。連携を深めるはず。ただ、イスマリアが不義に基づく行動をし、懲罰的な軍事行動と称せばやつらも派兵する口実がなくなる」

「なるほど、見事な策略だ」

とゴッドリーブはあごひげを撫《な》でながら評価してくれるが、「で――」と続けた。

「そこまで言うのならばイスマリア伯に捕らえられたあと、伯爵の牢獄《ろうごく》から脱出する手立ては考えているのだろうな」

「もちろん、考えていますよ。そのための人選です」

俺は断言すると、改めて人選について話を進めた。

「イヴをイスマリア領に連れて行かないのは、投獄される可能性が高いからだ。女性を連れて行きたくない」

「…………」

その言葉にイヴは沈黙する。さすがは賢いメイド、俺の言葉に理を見つけたのだろう。

しかし、理を見つけてくれなかったのはジャンヌだった。

彼女は正論を言う。

「私は今さら女扱いされたくないの。魔王のため、その剣となり、盾となり、前線で戦ってきたの。全戦」

前線と全戦を掛けているようだが、その言葉に一理見つけた俺は、彼女の帯同を許可する。

「たしかにジャンヌの言葉には一理ある。ジャンヌには付いてきてもらおうか」

というと彼女はひまわりのような笑顔を浮かべる。

イヴは若干悔しそうな顔をしていたが、すぐに冷静になると、他の人選について尋ねてきた。さすがは俺の秘書官である。

「他には歳三に付いてきてもらおうかな」

「ほお、旦那は人を見る目があるな」

にやりと己の無精ひげを撫で主人を論評するのは歳三らしかった。

「少数でおもむくならば一騎当千の面々を連れて行きたい。牢獄から脱出するときは武力が必要だろうし」

「道理だな」

「牢獄から脱出するには、忍者の力が必要だ。風魔小太郎とコボルト忍者のハンゾウ、頼むぞ」

と先ほどまで小太郎たちがいた席を見つめると、そこにはハンゾウだけしか残されていなかった。

「頭はすでに出立し、情報収集をしています」

「さすがは忍者の鑑《かがみ》だ。心強い」

俺がそう言い切ると、続いてハンゾウも消え去った。頼りになる連中である。

「彼らがいれば脱出の際も万が一はないだろう。問題は脱出したあとだが」

「イスマリア領との国境に兵をしのばせておきましょうか」

とはイヴのアイデアであったが、それには賛成だった。

「イスマリア伯爵を刺激しないように、人間と小型の魔物のみで編成するように」

「御意。巨人族やトロールは守備部隊に回しておきます」

「それは助かる。あとはその部隊を率いる人物だが……」

残った幹部を見渡すと、どいつも脳筋というか九九《くく》も言えないような連中に見えた。

人狼部隊のブラデンボロは勇ましいが、他人に対する配慮がやや欠けている。

スライム部隊の長であるスラッシュは単細胞生物の延長にしか見えない。

部隊長としてはともかく、一軍の長としての資質に欠けているように思われた。

――となると必然的に部隊を率いることになるのは、信頼の置けるメイドとなる。

俺は彼女が軍師兼メイドであったことを思い出すと、しばらく、メイド業を休んでもらうことにした。

「国境で軍を率いてもらう役はイヴに任せる。問題ないか」

その言葉を聞いたイヴはにこりと笑う。

「イヴは元々軍師でもございます。なんの問題もありません」

ただ、と彼女は続ける。

「軍師としてのイヴはメイドのように甘くはありません。軍律を乱す輩《やから》は、容赦なく処刑するので、ここにいるお歴々の方々は覚悟しておいてください」

イヴは魔族の娘らしく、魔性の女のような笑顔を浮かべる。

俺はまだ彼女しか部下がいなかった頃を思い出す。サブナクを攻めた際の記憶だ。

たしか彼女は戦後、物資を横領したオークを容赦なく処刑した。見た目にそぐわぬ厳しさを見せたのだ。

そのときの伝説がアシュタロト軍には伝わっているらしく、誰もイヴを軽んじるものはいなかった。

「女などに従えるか」

と言いそうな人狼のブラデンボロも脂汗を流しながら、彼女の軍律に対する考えを聞いていた。

これならばなんの問題もない。イヴならば国境に軍隊をしのばせ、俺が戻ってくるまで士気を維持し続けてくれるだろう。

確信した俺はさっそく旅立ちを宣言する。

居並ぶ幹部たちは、表情を整えると、その中のひとりが大声を張り上げた。

「謀略の魔王アシュタロトに栄光あれ！　アシュタロト城に千年の繁栄あれ!!」

その言葉を聞いた幹部連中は、復唱するとそれぞれに酒杯をかかげ、それを飲み干した。

酒に弱いジャンヌだけはオレンジジュースであったが。

このようにアシュタロト軍の作戦会議は終わり、方針は定まったが、軍師イヴは即座にメイドさんに戻る。

なぜならば俺の旅支度をしなければいけないからだ。謀略の魔王と恐れられる俺だが、生活能力は皆無に等しく、自分の着るもののアイロンがけひとつできない。

すべてはメイドであるイヴにお任せであった。これではいけないと思っていたが、鞄《かばん》に嬉しそうに俺のシャツなどを入れるイヴを見ていると、自分でやろうという気にはならなかった。

彼女の楽しみを取り上げてしまうような気がしたのだ。もっとも、それは男の身勝手な解釈かもしれないが。

そんなことを考えながらイヴが用意を調えるのを待つと、翌日、俺はアシュタロト城を出発した。

†

イスマリア伯爵領への随行者は、土方歳三とジャンヌとなった。

土方は洒落者《しゃれ》であるが、旅の最中に女と会うわけでもない、と大して準備はしない。

ジャンヌも神に仕えるものがお洒落《しゃれ》をしてどうするの、といつもの鎧《よろい》とドレスを折衷したような服に白い外套《がいとう》をはおるだけだった。

そんなふたりであるから旅支度もすぐに終わると、俺は彼らをともない馬に乗った。

馬車にしなかったのは馬のほうが早くイスマリアに着くと思ったからだ。

それに最初から交渉は決裂すると思っていた。

イスマリア伯は早々にその本性をむき出し、俺たちを捕縛するだろう。そこから逃げ出し、イヴたちと合流してからが本番だと思っていた。

どうせ奪われるならば馬車などもったいない、という寸法である。

そのことを話すと、歳三は陽気に笑った。

「旦那は合理的だな。ものごとに一から十まで道理があって、しかも他人を納得させる」

「そいつはどうも」

「馬車はもちろん、馬も奪われること前提にしているな」

「ああ、俺の自慢の駿馬はイヴに預けてある」

「あの黒い馬か、そういえばあの馬に名はあるのか？」

「あるぞ。黒王号という」

「おお、強そうな名前だな。戦場で敵兵を踏み殺しそうな名だ」

「そこまで化け物じゃないがな」

他の魔王は本当に人間サイズの兵を踏み殺す化け物に騎乗していることもあるが、俺の馬はどこにでもいるような普通の馬だった。

以前、イヴに「せっかくですので、八脚馬《スレイプニル》に変えませんか？」と問われたことがあるが、謹んでお断りした。

なぜ、と問われれば俺は戦国時代の名軍師の『竹中半兵衛《たけなかはんべえ》』を私淑《ししゅく》していたからである。

「ほお、かの秀吉《ひでよし》公の軍師を尊敬されていたのか」

と歳三は感心する。

ジャンヌは不思議そうに尋ねてくる。

「はんべーって誰？」

「日本の戦国時代の武将だ。太閤豊臣秀吉《たいこうとよとみひでよし》という偉い大将に仕えた軍師だ。彼はその秀吉公の元で出世を重ねても名馬には決して乗らなかったんだ」

「どうして？」

ほわい、という顔をするジャンヌ。

「理由は単純だ。高い馬に乗ればそれを大切にするだろう」

「馬は所詮馬。戦場で馬を惜しんで武功を立てられないこともあるから、と竹中半兵衛は生涯、名馬には乗らなかったのだ。安い馬なら乗り捨てにできるからな」

「おお、合理的」

「ああ、合理的だ。俺もそれに習って、あまり良い馬には乗らないようにしている」

といっても俺の黒馬、黒王号は駿馬ではあるが。

「魔王は本当に合理的なの。私も見習いたい」

「ジャンヌは真似《まね》しないでいいぞ。ジャンヌには白い綺麗《きれい》な馬が似合う」

「ありがとうなの」

ジャンヌは今現在乗っている白馬を愛おしげに撫でる。白馬は嬉しそうにいななき声を上げた。

それを温かい目で見つめていると、とあることに気がつく。

歳三が乗っている栗毛《くりげ》の馬を見つめる。

「そういえば歳三は馬にも乗れるんだな」

「ああ、こっちの世界にきて鍛練を重ねた」

「以前は乗れないと言ってたものな」

「乗れないわけじゃないが、日本ではあまり乗る機会がなかったからな」

新撰組副長土方歳三は日本の武蔵《むさし》国の農民の子である。幼き頃から弓馬の鍛練を積んだわけではなかった。

「うん、大切にする」

京都で新撰組に入ってからは、武士らしく馬に乗る機会もあったらしいが、それでも幼き頃から乗っていたわけではないので、乗馬はあまり得意ではなかったようだ。

「黒船が大きな海を渡ってくる時代だ。今さら乗馬を覚えてもな。しかし、この異世界では乗馬は役に立つ」

「ああ、この世界は平地も多い。馬の機動力は圧倒的だ。乗れるようになって損はない」

もしももう少し軍団を拡張し、騎馬軍団を組織した場合、その指揮官は当然、乗馬の達人である必要がある。その際は乗馬の達人を指揮官に据えるつもりだったが、他に適任がいないのであればその役を歳三に任せても良かった。

そのような構想を練っていると、遠方に煙が見えた。

なにかが燃えているようだ、と報告したのはジャンヌだった。

「また盗賊なの？　魔王と冒険するといつも盗賊に襲われるの」

吐息を漏らすジャンヌ。

同じことをジャンヌに毒づきたいが、今回に限りその必要はなさそうだ。なぜならば前方にいるのは盗賊ではないからである。

前方にいるのは盗賊ではなく、ワイバーンであった。

飛竜の一種であるワイバーンは、この付近に住んでいると思われる農民を襲っていた。

燃えているのは農民が引いていたであろう荷馬車とその荷物だった。おそらく街に農作物を卸しにいった帰りかと思われた。

「馬が食われているな。農民も逃げ出せばいいものを反撃している」

「馬は農民の財産だからな。怒る気持ちは分かる。しかし、このままだと農民もワイバーンの餌だ」

遠からず農民が食われるのは目に見えていたので、彼を助けることにする。

不服をいうものは誰もいなかった。

「さて、ワイバーンを倒すが、最近、暴れ足りないと思っているものはいるか？」

歳三とジャンヌに交互に視線をやるが、両者当然のように手を挙げる。

「ほぼ同時だな。ならば間を取って俺が倒そう」

そんなのありなの!?　とジャンヌが不平を述べるが、無視をすると俺の周りに風が舞い始める。

《風刃》と呼ばれる魔法を唱えると、大きな声を張り上げる。

声を張り上げたのは詠唱のため、というよりも農民にこちらの存在を知らせるためだった。

「エアカッター!!」

そう叫ぶと農民たちは俺の存在に気がつく。

彼らは即座に俺たちが味方だと悟ってくれたのだろう。ただ、まだ表情が険しかった。

当然か、彼らは飛竜と命のやりとりをしているのだ。なるべく早く、その緊張感から解放してやりたかった。

俺は農民たちの安堵《あんど》の表情を見るため、具現化させた風の刃をワイバーンに投げつける。

まっすぐに風の刃が伸びる。風は飛竜の友人であったが、それゆえに飛竜は即座に危険を悟ったのだろう。農民との交戦を止め、大空に舞う。しかし、俺の風刃はそれを捕捉する。

「お前に恨みはないが、農民を襲ったのが運の尽きであったな」

ここはアシュタロト領。つまり俺の庭だ。そこに住まうのは俺の民でもあった。現在進行形で民を苦しめ、今後、民をさらに民を傷つける可能性のある存在を野放しにするわけにはいかなかった。

風の刃に殺意を込めると、その一撃をワイバーンに与える。

ワイバーンは痛いという感情さえなかったかもしれない。それくらいに鋭い一撃だった。

一刀両断、とはこのことだろう。頭頂から尻尾まで綺麗に両断するとワイバーンの生命活動を一瞬で停止させた。

両断されたワイバーン、その光景を見ていた農民たちはつぶやく。

「す、すごい……、まるで奇跡を見ているかのようだ」

その感想に答えたのは俺ではなくジャンヌ。

彼女は厳かな、まるで聖女のような清らかな表情でこう締めくくった。

「魔王の民を傷つける魔物は皆、こうなるの」

その神託のような言葉を聞いた民は、皆、深々と俺に頭を下げていた。

†

街道脇に転がるワイバーンの死体。

ワイバーンはまずいことを知っていたジャンヌは目もくれない。

そのジャンヌが尋ねてくる。

「魔王、ワイバーンの内臓を採取しなくていいの？」

素材にしなくていいのか、という意味だろう。それについて答える。

「ワイバーンの肝は貴重だが、これからイスマリアに行くからな。かさばる」

たしかに、とジャンヌが納得すると、見計らったかのように農民が話しかけてくる。

「そこの魔術師様、このたびは我らを救ってくださりありがとうございました」

人間の若者、この一団の代表と思われる人物が話しかけてきた。

素っ気なくする理由もないので、返答する。

「たまたま出くわしたからお節介を焼いたまで。誰か怪我《けが》をしているものはいないか」

村人たちは首を振る。

「それは良かった。ワイバーンに遭遇したのは不運であるが、不幸中の幸いだ。以後、このような不幸がないといいな」

そう結び、この一件を落着させようかと思ったが、そういうわけにはいかなかった。

村人たちの顔が沈んでいることに気がついたのだ。なにかあったと見るべきだろう。尋ねる。

「もしかして、なにか悩み事があるのか」

その問いに若者はうなずく。

「実はですが、昨今、このような被害が相次いでいるのです。この辺にはワイバーンなど出現しなかったはずなのに、昨今、ワイバーンの被害があとを絶ちません。それを見かねた我がダンケ村は自警団を組織したのですが、結果はこの有様《ありさま》でして……」

若者も視線の先には腹をえぐられた馬の死体があった。

「自警団を組織しながらこの被害か。これは放っておけないな……」

「え、魔術師様、力を貸していただけるのですか？」

「民は放っておけない」

と言うと不思議そうな顔をする若者。そういえば俺が魔王であると説明していなかった。

彼らに身分を打ち明けるべきか悩んでいると、ジャンヌが胸を反らしながら言う。

「そこの村人、頭が高いの。この魔王をどなたと心得る。この魔王はこのアシュタロト城の王様、魔王アシュタロトなの」

それを聞いた村人たちは驚愕《きょうがく》の表情を浮かべる。

まさかこのような場所で自分たちの領主と出くわすとは思っていなかったのだろう。驚きというよりも驚愕している。

人間の老人などは額を地面にこすりつけている。

なんだか居たたまれなくなったので頭を上げるように頼むと、若者が代表して率直な言葉を話してくれた。

「アシュタロト様のような魔王を俺たちは知りません。俺が父や祖父から聞いていた魔王は、民から搾取することしか考えていません。特に俺たちのような人間の農民には厳しかった」

「それは過去の魔王の話だろう、俺の治世に人間も魔族もない。皆、平等に扱う。困っていたら助ける。それが俺の政治だ」

「すごい。前魔王のアザゼル様の時代では考えられない……」

老人が過去を疎むかのようにつぶやく。

「過去は過去だ。というわけで、俺はお前たちを助けるぞ。とりあえずワイバーンが出没する原因を調べ、その禍根を断つ」

そう宣言すると村人たちはさらに恐縮したが、喜んではくれた。

「このように強い魔王様ならば、スカイドラゴンさえ倒せるかもしれない」

そうささやき合っている。

どうやらワイバーンが出現する理由は分かっているようだ。

ならば話は簡単だ、そうまとめると、若者に頼み、彼らの村に案内してもらうことにした。

道中、一応、ジャンヌが口を挟んでくる。

「村人たちの願いを聞いていると、イスマリア伯爵領に行くのが遅れるの。いいの？」

「なあに、今さらイスマリア伯爵を数週間待たせてもなにも変わるまい。ならば一刻も早く自分の民を救いたい」

その言葉を聞いたジャンヌは心底嬉しそうな表情を浮かべ、こう言った。

「さすがは魔王なの」

――と。

その笑顔は聖女としか形容できないほど清らかで美しかった。

†

村人たちに案内されてやってきた彼らの村。

ダンケ村という村らしいが、想像したよりも寂れていた。いや、寂れているというよりも荒廃か。

柵は至る所が破損、村の入り口付近は焦げあとに満ちている。

「これは？」

と、尋ねると村人は気落ちしながら言った。

「連日のようにドラゴンに襲撃されているのです。先日も山羊《やぎ》が二頭さらわれました」

「村に直接くるのか」

「最近は遠慮という言葉を知りません」

「スカイドラゴンだったかな。古竜種なのか？」

「それは専門家ではない我々には。ただし、かなり大きく、獰猛《どうもう》で、ずる賢いです。ワイバーンを率いています」

「なるほど、そいつが一連の竜害の原因か。ならば話は早い。退治しよう」

と決断した俺は村に一泊する。

竜を捕捉するのは大変だから、やってくるのを待とう、作戦である。

宿舎として借り切った街の集会場の前に一頭の山羊を置いておく。こうすれば腹を空かせたスカイドラゴンがやってくる、という寸法だが、そうはならなかった。

一日経《た》っても、二日経っても現れない。

どうやらドラゴンはいつもとは違う雰囲気を察しているようだ。賢い竜である。

「となると直接巣に乗り込んで対峙《たいじ》したほうが早いかな」

「しかし、やつは飛竜です。危なくなれば即逃げるでしょう」

「産卵期ならば卵を守るために逃げないのだが、そうそう都合良く行かないだろうな」

ならばどうするべきか、俺は知恵を絞るが、村人からこんな情報を聞いた。

「これは村の伝承なのですが、ドラゴンを鎮めるには、酒瓶を持った処女を生け贄《いにえ》に送り込むと良いらしいです。なんでも美女がその酒で竜を酔わせたあとに通りすがりの勇者が竜を倒したという昔話があります」

「竜は酒に弱いのか」

いいことを聞いた俺はジャンヌを見る。

「もしかして美女に反応した？」

「した」

と正直に返答する。ジャンヌを生け贄に捧《ささ》げる腹づもりで見つめる。酒樽《さかだる》作戦を実行したかった。

俺は村にある酒を荷馬車に載せると、それを竜の住処《すみか》に送り込むように指令する。

「でも、スカイドラゴンは頭がいいの。引っかかるかな？」

「昨日、こなかったのは俺の魔力に反応して恐れをなしたのだろう。だからその荷馬車はジャンヌに率いてもらう」

「伝承の通りにするんだね」

「ああ、美女が酒を呑ませてへべれけになったところを襲う」

「卑怯《ひきょう》なの。ずるいの」

「最高の褒め言葉だよ」

そう返答するとジャンヌに指示をする。

ジャンヌに酒を運ばせるが、もしも竜がきたら抗戦しなくていい。逃げるんだ。と説明する。ジャンヌは「逃げるのは卑怯者のすることなの！」と文句を言うことはなかった。

今のジャンヌは戦略的撤退、や、三十六計逃げるにしかず、という言葉を知っていた。――意味は完全に理解していないが。

ただ、ジャンヌは即座に逃げ出すこと、俺たちと合流することは約束してくれた。

「竜が酔っている最中に襲えれば上々だが、ジャンヌを追いかけているところを襲えてもいい。やつと遭遇したら一気呵成に仕留めるから、そのときはよろしく」

俺の単純な作戦を聞いたジャンヌと歳三は、それぞれの表情で、

「御意」

と言った。

ジャンヌは犬のような爛漫《らんまん》な笑顔、歳三は狼《おおかみ》のような不敵な笑顔だったが、どちらも心強かった。

これから竜と戦うというのに、臆したところが一切なかった。

ジャンヌと酒を餌に竜をおびき出す、という基本方針は定まったが、細かいところで調整はある。

村の伝承では「清らかな乙女」しか生け贄の資格がないようだ。

そのことをジャンヌに伝えると、「無礼なの！」と怒った。

「私はオルレアンの乙女なの。歴史上もっとも清らかな英雄なの！」

ぷんぷん、と憤っている。

「それは知っているが、村人が言っているのはもっとか弱い乙女のことなのだろう。鎧姿で聖剣を持っているとどうも乙女っぽくない」

「がーん！　私の格好は勇ましすぎるのか」

軽くショックを受けている。

そんなジャンヌに話しかけるのが村の若い娘だった。

「大丈夫です、ジャンヌ様。実は毎年、竜の生け贄、という伝承を再現した祭りが開かれるのですが、そのとき生け贄に選ばれた娘が着る衣装があります」

「おお、それは心強いの」

とジャンヌはその場で服を脱ごうとするが、慌てて止める。

「こらこら、はしたないぞ」

「はしたなくはないの。私は身も心も清廉潔白。他人に隠すところはないの」

「心構えは立派だが、異性の目も意識するのだ」

「分かった。魔王は私の肌を独占したいんだね」

そうかそうか、と嬉しそうに納屋に入っていくが、反論や訂正は不要だろう。面倒になる。

十数分ほど彼女の着替えを待つ。歳三はイライラしながら言う。

「女というものは用意が長くて敵《かな》わない」

「それには同感だが、頑張って綺麗に見せようとしているのだろう。そんなふうにいうもんじゃない」

「自分の女ならば我慢できるがね。あのお嬢ちゃんの場合は限度は三分だ」

「なるほど、今度、乾燥麺を茹《ゆ》でるときにタイマー代わりにさせてもらうか」

下手な冗談で返すと、納屋の扉が開かれる。

納屋から出てきたのは想像以上の美女だった。

真っ白な衣装、まるで今から結婚式に行くような衣装をまとった少女。その衣装は想像よりも大人びていて、布地が少ない。乙女の柔肌をこれでもかと見せつけるデザインをしている。

それでいてちっとも下品でなく、着ているものの清らかさを引き出す造りだった。

「……素晴らしいな」

思わず小声で漏らしてしまったが、それは横にいる歳三も一緒だろう。沈黙して目を丸くしている。

その反応にジャンヌは気をよくしたのか、スカートの端を持つと、くるりと一回転した。

ふわぁ、とスカートが宙に舞う。まるで風の妖精が平原でたわむれているようであった。

ジャンヌに衣装を着せた娘はおそるおそる俺に感想を尋ねてきたが、このような姿を見せられては感服するしかなかった。

「どこぞのお姫様かと思った」

と正直に感想を漏らす。ジャンヌの機嫌は最高潮に達するが、それに冷や水を浴びせるのは土方歳三。彼はジャンヌの美しさを認めても、可憐《かれん》さには言及したくなかったのだろう。こんな台詞をジャンヌに投げかけた。

「ヒノモトには古来よりこんな言葉がある。――馬子にも衣装」

その言葉を聞いたジャンヌはきょとんとしている。

彼女に「馬子にも衣装」という言葉の意味を教えるべきか迷ったが、結局、やめた。

せっかく気分良くお姫様気分を味わっているのだ。ジャンヌは生来、贅沢や華美とは無縁の少女。こんなときくらい精一杯お洒落をさせてあげたかった。

なので俺はジャンヌの黄金の髪を軽く撫でると、

「とても綺麗だ」

と言った。

その言葉を聞いたジャンヌは、白百合《しらゆり》の花のような笑顔を見せた。

†

ドラゴンへ捧げる供物となったジャンヌ。清らかな乙女を馬車の荷台に乗せると、その荷台に大量の酒がめを載せる。ドラゴンに酒を飲ませ、酔ったところを狙う、というのが俺の作戦だった。

「ドラゴンは酔わせて退治せよ、とはどこの世界にもある伝説なんだよな」

例えば異世界の日本の八岐大蛇《やまたのおろち》という巨竜も酒で酔わせて倒した。

イギリスのブリテン島を荒らしまくっていた二匹の竜も酒に酔わせて倒した。

この世界にも似たような伝承はたくさんある。ドラゴンとは万国共通でお酒に弱いものらしい。

その話を聞いたジャンヌは、

「こんな美味しくない液体で酔って倒されるとは哀れなの」

と言い切った。彼女は相変わらずお酒が苦手のようだ。

「まあ、どこの世界も酔って憂さを晴らしたい連中は多いのだろう。ドラゴンもドラゴンでストレスが大きいのさ」

なぜかドラゴンの肩を持つと森の中にある拓《ひら》けた場所が見えてきた。

スカイドラゴンは山からきているようだが、森の拓けた場所、この泉で翼を休め、村を襲撃しているらしい。

ここに酒とジャンヌを置いていけば、ドラゴンは現れるだろうとのこと。

たしかにこの場所には大型哺乳類の骨が散乱している。いかにもドラゴンがやってきそうな場所だった。

このような場所にひとり、ジャンヌを置いていくことは気が引けるが、俺たちがいればドラゴンも寄りつかないだろうと心を鬼にする。距離を取る前にジャンヌと言葉を交わす。

「さっきも言ったけど、ドラゴンがやってきても抗戦せずに南東に逃げること」

「分かった。一刻も早く魔王と合流する」

「いい子だ」

と口で言うが、ジャンヌは口だけでは足りない、という顔をする。仕方ないので彼女の頭を撫でる。

彼女は大型犬のようにトロンとするが、さて、竜がやってきたときに本当に俺の指示に従ってくれるか、未知数であった。

未知数であったが、この場に俺がいたらやってくるものもやってこないだろう。歳三と一緒に南東に向かう。

道中、同じような心配をしていた歳三が尋ねてくる。

「あの嬢ちゃん、見かけによらず喧嘩《けんか》っぱやいからな。俺たちの援軍を待たずに戦闘を始めるかもしれないぞ」

「その計算もしてある。理想としては南東に逃げてもらって遭遇戦にしたいが、ジャンヌがいるあの泉で戦ってもいい」

「どのみち、俺たちの勝利は疑いない、というわけか。さすがは旦那だ」

「そこまで計算しているわけじゃないがな」

実際、俺はドラゴンと戦ったことがない。ワイバーンとは何度も戦ったことがあるが、本物の竜とまみえるのは初めてだ。俺の住んでいた世界には竜などいなかった。

「歳三の住んでいた世界には、龍という化け物がいたらしいが」

「いたらしいな。爺様《じじ》と婆様《ばば》が龍神神社によく行っていた。俺自身は見たことないがな」

「なるほど。どこの世界も龍は稀少《きしょう》なものなのだな」

と結ぶと、前方に切り株を発見する。そこに座ろうかと思ったが、切り株はひとつしかなかった。

歳三は年長なので譲ろうとするが、「年寄り扱いするな」と怒られた。

それに、と歳三は続ける。

「あんたは俺の主人にして魔王だ。ここは魔王が座れ。俺の席は俺が用意する」

と言うやいなや腰から一閃《いっせん》が走る。切り株の横にあった巨木が倒れる。歳三は居合抜きで巨木を切り倒したのだ。

歳三はその剣技を誇るでもなく、新しくできた切り株に座ると、竹の水筒を口に付けた。中は酒のようだ。

ドラゴンと戦う前に酒とは剛毅《ごうき》である。この男もドラゴンと変わらないな、そう思いながら俺は村人が入れてくれた水を飲んだ。

切り株に座ってジャンヌの合図を待つ。ドラゴンが出現したら持っている護符を握りつぶしてもらう算段だった。

俺が作った特製の護符で、握りつぶすと対になっている護符が光る仕掛けである。

「旦那は器用だな」

と歳三は言うが、まあ、魔術師ならば誰でも作れるような代物だった。

以後、俺と歳三は沈黙して待つが、なかなかそのときはやってこなかった。

遅いな、心の中でそう漏らすと、周囲の雰囲気が変わったことに気が付く。

辺りが霧に包まれたのだ。数メートル先も見えなくなる。

「これは不味《まず》いな。ジャンヌと合流できないかもしれない」

「逆に言えばドラゴンもやってこられないのではないか」

「そうかもしれないが」

しかし、なんで霧が出てきたのだろう。先ほどまでそのような気配は一切なかったのに。

歳三に確認しようとするが、それはできなかった。

先ほどまで隣にいたはずの歳三がいなくなったのである。

これは怪異か。

そう思って歳三の名を呼ぶが、彼は遠くから「小便」と言った。

安心するが、その安心もいつまでも続かなかった。

前方から人の気配を感じたのだ。もちろん、歳三ではない。誰か別の人物だった。

俺は腰に吊《つる》していたロングソードの位置を確認する。もしかしたら敵襲かと思ったからだ。

しかし、不思議なことその柄に手を触れる気にはならなかった。

霧の奥の人物は剣の達人に思えたが、不思議と殺意を感じなかったのだ。

そんな考察をしていると男のほうから話しかけてきた。

その声は老人のそれであったが、奇妙なほど生命力に満ちあふれていた。

†

霧の奥から現れた老人は、相応よりも小柄だった。霧の奥で感じた存在感から小山のような老人を想像したが、その身体は枯れ木のように細かった。

服以外はなにも身につけていない。武装はしていなかった。

しかしだからといって見ず知らずの人物を無条件で受け入れるほど間抜けにはなれない。誰何《すいか》をし、身分を確かめる。

老人は悠然と応える。

「人様に名乗るほどの名はない。そうだな、霧の老人とでも呼んでくれ」

そのまんまだな、とは言わない。目の前の老人はそんな軽口を言っていいような相手ではなかったからだ。

威圧感を感じる。他者を圧倒するような存在感。ただ、それでいて自然体で、武張《ぶば》ったところを感じさせない老人だった。

俺はすぐに直感する。この老人と戦えば負ける、と。この老人は俺よりも上位の存在だと。

少なくとも『兵』を率いた戦いで勝てるような気がしなかった。

自然と俺の頭は下がり、片膝をつく。その姿を見ていた老人は「かっかっか」と哄笑《こうしょう》を漏らすと続ける。

「そのように改まる必要はない。それに頭を下げる必要も。わしはただの老人。魔王ともあろうお方が頭を下げる理由はない」

「しかし、貴殿は名のあるお方とお見受けする。それに俺は老人を敬えと教えられて育ちました」

「良い教育を受けたな。ならばそのものに敬意を表し、このままで」

「霧の老人よ、貴殿はなんのために俺の前に現れたのです」

「なんのためと言われてもな。キノコ狩りをしていたら道に迷った。連れのものを探している」

「ご冗談でしょう。なにか運命めいたもの、あるいは作為めいたものを感じます」

「謀略の魔王はなにごとにも意味を求めるのだな。悪い癖だ」

「しかし、あなたのような老人と出会えたのは宿命以外の何者でもありません。是非、その教えを請いたいのですが」

「会うなりいきなり弟子入りか。しかし、お前には務めがあるだろう」

「はい。これからドラゴンを倒し、伯爵領に向かわなければなりません」

「まるで近所に散歩に行くような口ぶりだな。必勝の信念を感じる」

「はい、このような場所で朽ちるつもりはありません。伯爵ごときに手玉に取られるつもりも」

「その言やよし。事実、お前は今まで色々な困難にその知謀で対抗してきた。今後もその知恵で大いに活躍することだろうて」

「しかし、それも限界が訪れます。より高みを目指さねば。そのためにはあたなの教えが必要だ」

「そこまで言われれば悪い気もしないな。そうだな。明日までにドラゴンを倒せるか」

「日が落ちるまでに駆逐してみせます」

「ならば明日の夜明け、またこの場所にこい。さすれば戦術のいろはを教えてやろう」

「まことですか」

「わしは嘘《うそ》は言わない」

老人はそう断言すると、俺に背を向ける。キノコ狩りを続けながら、従者と合流したい、と言った。

一緒に従者を探そうか尋ねたら断られた。「お前にはお前の成すことがあろう」と言われた。たしかにその通りだ。今、俺はドラゴンを倒し、村を救わなければならなかった。

そのことを改めて確認する、老人は霧の中に消えた。

まるで老人など存在しなかったかのように辺りは静寂に包まれた。

同じ頃、同じ場所で――。

土方歳三が小便に行くため、切り株を立ち、茂みに入ると、急に霧が立ちこめてきた。

あまりの速度に驚くが、この異世界という地ではよくあることだった。日本の多摩や京都では経験できぬ体験である。

それにしてもあまりの霧だったのでその場に立ち往生する。このまま勘を頼りにさきほどの場所に戻るのは危険すぎた。

元いた場所に戻れないだろうし、最悪、魔王と離ればなれになる。いつ、ドラゴンがジャンヌを襲うか分からない今、時間のロスは避けたかった。

なので小便を垂れ流すと、霧が晴れるまでその場で待つことにしたが、途中、気配を感じる。

腰の刀に手が伸びなかったのは、その人物に敵意がないこと、さらに武装していないことが分かったからだ。もしも殺気立った場所ならば即座に斬り伏せていた。

その男は悪びれるでもなく、歳三の横に並ぶと同じように小便をした。

男は「連れションだ。懐かしいな」笑った。

いや、笑ったような気がした。男はキツネの面を付けていたのだ。

まるで祇園祭《ぎおんまつり》の出店で売っているような面を男は付けていた。

「……その面、お前、ヒノモトの人間か」

男は悪びれるでもなく答える。

「そうだよ。おれはヒノモトの人間だ」

「なに用だ。俺を斬りにきたのか」

「まさか。おれは刀すら持ってないよ。それに歳だ。ジジイに鬼の副長が斬れるかよ」

「たしかに小便の切れは悪そうだ」

と皮肉気味に笑うと、男も笑った。

「しかし、本当に連れションをするためにやってきたのではあるまい。お前はなにものだ」

「悲しいな。歳よ、お前は知り合いの顔も忘れたのか」

「生憎《あいにく》とキツネの知り合いはいない」

「そうか。面を取ってもいいのだが、それじゃつまらない」

「つまらなくはない。見せろ」

「いいや、お前が俺を思い出すまで取れないな」

男はそう言うと、一歩下がった。流れるような動作だ。歳三が刀で面を割ろうとしたことを察知したのかもしれない。

「……ジジイとは思えない動きだ。そこまで達者ならば忘れるわけもないのだが」

「ジジイになって声も変わったしな。お前が死んだあと、おれは何十年も生きた」

「新撰組の仲間か？」

「仲間だなんて言葉、鬼の副長が使うとはね」

「……丸くなったかな」

「ああ、でもそれは良い変化だ。この世界の部下は幸せだろうて」

老人は懐かしむように言うと、歳三に背を向ける。

「今日は本当に偶然だった。とあるお方の護衛で山に登ったらお前に出会った。またいつか再会するはずだ。だから今日はここまで。さて、次回はおれの正体に気が付いてくれるといいが」

老人はそう言い残すと、霧の中へ消えた。

歳三は老人を追わない、老人の言葉通り、また再会できると思ったのだ。それもそう遠くない未来に。


その後、嘘のように霧が晴れると、俺と歳三は切り株で合流した。

ふたりは尋常ならざる出会いをしたわけであるが、なぜか両者、そのことには触れなかった。

互いに出会った老人は、自分たちの運命を大きく変える存在であると悟ったが、そのことを口にすることはなかった。

切り株にしばし腰を下ろし、先ほどの出会いを考察していると、懐に入れた護符が光っていることに気が付く。

どうやらスカイドラゴンとジャンヌが接敵したらしい。歳三の顔を見ると即座に精神のチャネルを切り替える。

「聖女様がドラゴンにかじられる前に救出にいかねば」

冗談交じりに言うと、歳三も冗談で返してくれる。

「逆じゃないか。放っておくとジャンヌが竜をかじっていそうだ」

「違いない。ドラゴンに肉が残っているうちに合流しよう」

そう結ぶと俺と歳三は素早く木々の間を走り抜けた。

†

ジャンヌがいる泉まで走る。距離にして数キロだが、思ったよりも早く合流できそうだった。

その理由はジャンヌがこちらに近づいてきてくれているからだ。

ジャンヌはドラゴンに反撃しながら、俺たちのほうへ向かってくれていた。

「指示通り行動するとはやるじゃないか、あの金髪のお嬢ちゃん」

「ああ、助かる。ひとり、ドラゴンに挑まれても困る」

「聖女ひとりに倒されると魔王の名が廃るか？」

「それもあるが、せっかく用意した策を使わずに終わるのもつまらない」

「策とは先ほど、俺に切らせた巨木の件か？」

「そうだ」

実は先ほど、土方に頼んで大きな木を杭《くい》状に切ってもらった。

「なにに使うんだ、とは言わないが、木こりのものまねをさせたんだ、酒くらいおごれよ」

白竜の滴がいい、と銘柄を指定する。

「構わないが一杯だけな。それともうひとつお願いがある」

「ならば二杯にしてもらおうか。で、なに用だ」

「この木々を抜けるとドラゴンに遭遇すると思う。喧嘩先制の一撃を見舞ってくれないか」

「なんだ、そんなことかお安い御用だ」

土方は腰の刀に手をやりながら走り出す。

俺はカウントする。

「……一、二、三、今だ！」

と叫ぶと同時にジャンヌがこちらに向かって走り、俺の胸に飛び込んでくる。

わずかの間を置いてそのあとを竜がやってくる。

青い皮膚のドラゴンは木々をなぎ倒しながらジャンヌを捕食しようと走ってくるが、その大口に向かって一閃を加える。

土方歳三は見事な抜刀術でスカイドラゴンの口に一撃を加える。

まさか聖女を捕食しようとした瞬間、反撃を喰《く》らうとは思っていなかったスカイドラゴンは恐れおののく。それに歳三の剣閃《けんせん》自体するどく、巨体の竜を引かせる重みがあった。

スカイドラゴンはこれは堪《たま》らないとのけぞるが、一撃を加えた歳三は冷静な表情で皮肉を漏らす。

「酒臭い息の中と人のはらわたの匂いがぷんぷんしやがる。一度人の味を覚えたドラゴンは始末するに限るな」

その言葉を理解したわけではないだろうが、ドラゴンは怒りに震えながら反撃してくる。

丸太のような尻尾を振り、歳三をねじ伏せようとするが、彼はひらりとそれを避けると刀を振った。

その一撃で尻尾の先端はちぎれ落ちる。切り離された尻尾はトカゲの尻尾のようにうごめいていた。

「尻尾の素材が手に入ったぞ」

「あとで丸焼きにして食べるの！」

俺とジャンヌが軽口を漏らすと、ジャンヌは俺から受け取った聖剣を構える。

「さっきはお酒をお酌してあげたけど、今度はこれでお前を調理してやるの」

ジャンヌは聖剣から剣閃を放つと、その衝撃波がドラゴンを襲う。聖なる光の一撃によって翼を傷つけられたドラゴンは咆哮《ほうこう》を上げる。

「これで空を飛べなくなったかな？」

ジャンヌは問うてくるが、それは分からない。ただ、言えることは俺が先ほど施した策を実行するのにちょうど良くなったということだ。

歳三に向かって叫ぶ。

「歳三、そいつを切りながら先ほどの場所に向かってくれ」

「あいよ。あの杭を利用するんだな」

「ご名答」

俺と歳三の間に割り込むジャンヌ。

「杭ってなに？」

「あのドラゴンを串刺しにするのさ」

と言い放つと俺はジャンヌを抱き、後方に下がる。

「おお、案外パワフル」

と喜ぶジャンヌを無視し、後方に下がると歳三がドラゴンを引き連れてくるのを待つ。

軽く深呼吸するとジャンヌをおろし、魔法を唱える。巨大な火柱を上げ、竜が『飛ぶ』ように仕向ける。

俺の計算通りに竜がやってくると、炎の柱を避けるため、翼をはためかす。

先ほど受けたジャンヌの一撃もなんのそのだ。

しかし、その生命力が徒となる。その頑健さが命取りとなる。

竜が空に飛んだ瞬間、俺は呪文を詠唱する。《竜巻》の呪文だ。荒れ狂う風の渦を作り出した俺はそれをスカイドラゴンにぶつけると、ドラゴンの翼はずたずたに切り裂かれる。

まるでぼろ雑巾のようになったスカイドラゴンの翼。途端、浮力を失い地面に落ちるが、そこに先ほど歳三が作った杭があった。

巨木で作られた杭は恐ろしいまで鋭利に先端を尖《とが》らせていた。もしもそこに巨大な生物が落ちれば、串刺しになるだろう。そのような計算の元、作らせたのだが、その計算はぴたりとはまる。

見事杭の上に落ちたドラゴンは「グギャアアァ！」と断末魔に声を上げる。その声は森中に響かんばかりであった。

腹から背中に杭が突き抜けたドラゴンは即座に絶命する。さすがのドラゴンもあの杭を打ち込まれては生きてはいけない。

絶命したドラゴンを見て、「これ、食べれるかな」という目をしているジャンヌの頭を撫でる。

「ワイバーンを食べない理由と一緒でスカイドラゴンも食べないぞ」

「旨くないの？」

「それもあるけど、人の肉を食う獣はちょっとな」

「なるほど、間接カニバリズムなの」

「難しい言葉を知っているな」

「メイドに習った」

「イヴか。今頃、魔王城を出立した頃かな」

「たぶん」

「思わぬ道草を食ってしまったな」

「そうだね。でも、もう一日くらいゆっくりして行きたいの」

ジャンヌは村の人々が開いてくれるであろう宴に興味があるようだ。正確にはそこで出される料理にか。

普段ならば同意はできなかったが、俺には先ほど霧の中で出会った老人との約束がある。もう数日、ダンケ村に滞在することになるだろう。

俺は老人の存在は告げず、村に滞在する旨だけをジャンヌに伝える。

ジャンヌは「魔王は話が分かるの」と目を煌《きら》めかせるが、少しだけ罪悪感が。今回、この村に逗《とう》留《りゅう》するのは俺の私的な用事があるからなのに。

俺は罪悪感を紛らわせるため、再び彼女の頭を撫でる。

聖女様の髪はとてもさらさらしており、撫で心地がとてもよかった。

†

想像通りダンケ村の人たちは盛大な宴を開いてくれた。

村で飼っていた羊を何頭か潰し、その肉を焼いてくれた。

森の中のキノコを集め振る舞ってくれた。

秘蔵の古酒を惜しげもなく出してくれた。

村特産の野菜もとても美味しい。それらを村の若い娘さんが振る舞ってくれるのだから、まるで天国にいるような気持ちになる。

そのことを正直に言葉にすると、歳三はこう言った。

「魔王にとって天国はいいところなのか」

「さて、それは知らないが、俺が死んだらまず地獄だろうな」

「嘘に大嘘、虚言、騙し討ち、詐欺、謀略、はかりごと、策謀、あらゆる大罪を犯しているしな」

「そういうことだ。せめて地獄にもこういう料理があることを祈るよ」

羊の肉を焼いたものを口に入れる。臭みはなく、フルーティーなタレも相まってとても旨かった。

「嬢ちゃんに数日滞在すると聞いたが、気に入った村娘でも見つけたか」

「そういうわけでもないが、歳三にはいるのか？」

「愚問だな」

と酒を飲みながら彼は言うと、視線を給仕係の娘に向ける。彼女は頬を赤く染める。

「お盛んなことだ」

「旦那は相変わらず甲斐性《かいしょう》がない」

と言い合うと、互いに「たしかに」と笑った。

宴は夜半まで続いたが、俺は疲れていると早めに退出すると、村長の家にある客間に泊まった。

俺がベッドに入ると続いてジャンヌも入ってくるが、特になにをするでもなくそのまま眠ってしまう。起こすのも可哀想《かわいそう》なのでそのままにすると俺は目をつぶった。

翌朝、鶏も目覚めないような時間に目を覚ます。辺りは夜霧に包まれていたが、俺は迷うことなく、昨日、老人と出会った場所に向かった。

ちょうど日が昇る時間になると切り株の場所に到着する。そこには朝霧の老人がいた。

木の切り株に腰掛け、眠っている。

ほぼ日の出と同時にきたのだが、老人のほうが先にきていたようだ。

これから教えを請うというのに、師より遅れてくるとは恥である。忸怩《じくじ》たる思いを抱いていると、霧の老人は言った。

「遅刻を注意するまでもなく、悔いているようだな。ならば明日は時間通りにこい」

と言い残して去って行った。

俺はダンケ村に戻ると、村人の歓待を受けながら、歳三と碁を打ったり、ジャンヌとフリスビーをしたりして過ごした。

その日も早く寝る。起きたのは夜中だった。日の出前に切り株の前まで向かうのだ。

暗闇の夜道を歩くのは大変だったが、誰にも気取られたくなかったので、蛍の光のような淡い光源を頼りに切り株まで向かうと、切り株に老人が座っていた。

老人はにやりと微笑むと、

「また遅刻じゃな」

と笑った。当然、教えを請うことはできない。俺は村に引き返すと、今度はさらに早く寝て、夕刻には起きた。

歳三とジャンヌには適当に言い訳を付けると、陽がある内から切り株に向かう。

さすがに老人はきていなかった。今度こそ先に来ることに成功した俺は、暗闇の中、老人を待つ。

夜半、落ち葉を踏みしめる音を確認する。老人のものだった。

先にきていた俺を見つけると驚く。

「ほお、わしより先にくるとは。その謙虚な心持ちが大事なのだ。約束通りお前に王者の兵法を授けよう」

と懐から一冊の書物を取り出した。革張りの装丁がされた立派な本だった。

有り難く受け取るが、それよりも実際に兵法を授けてほしいとねだる。

「それも悪くないが、今のお前に兵法を語るのは釈迦《しゃか》に説法のような気がする」

「まさか。霧の老人の兵法は俺を凌駕《りょうが》します」

「さて、それはどうかな。一年も経たないうちに最弱の魔王から周辺最強の魔王に変身を遂げた王。とっさの機転でドラゴンを串刺しにして殺す王だ。すでに兵法を極めたと言ってもいいかもしれない」

「どれも偶然が重なった産物です」

「その偶然を味方に付け、最大限利用するのが兵法よ」

「なるほど、含蓄あるお言葉です」

「よく歴史好きが、もしもあの英雄が違う場所に生まれていたら、もう少し早く生まれていれば、歴史は変わった、と『ｉｆ』の話をするが、それこそ不毛なのじゃよ。そのものがその時代、その場所に生まれたのは宿命であり、必然なのだから」

「俺が貴殿と出会ったのも運命なのでしょうか」

「そうだな。これも運命だ。貴殿が魔王アシュタロトとして生まれ、わしと出会い、わしが書き記した兵法書を受け取るのもな」

「俺は貴殿の期待に応えられるでしょうか」

「応える必要はない。ありのままに生きよ。お前は天下に勇躍する宿星のもとに生まれた。放っておいてもさらに勢力を拡大し、他の強大な魔王と互して行くだろう。その強大な魔王を倒し、大魔王となれるかは定かではないが、ひとつだけ言えることがある」

「言えること？　それはなんでしょうか？」

「それはわしが腹が減ったということじゃ。お前よりも早く到着しようとしたため、朝飯を食べていない」

老人はそう言うとにんまりと笑った。

俺は村娘に作ってもらったサンドウィッチを差し出す。

「なんと気の利く男だな。ふたり分用意したか」

「これもありますよ」

小瓶に入れた蒸留酒も差し出す。

「完璧な心遣いだな。その気配りも名将の必須条件だ。相手の心を読めれば戦場でも役に立つ」

と老人はサンドウィッチをあてに蒸留酒に口を付けた。

老人とは思えない飲みっぷりであった。その後、ほろ酔い気分になった老人から、戦略のいろは、戦術の妙技、政戦両略について聞いた。

どれも含蓄と深みがあり、聞けば聞くほど身になる言葉だった。

俺は熱心に老人の言葉に耳を傾けたが、途中、とあることが気になる。目の前の老人の名前を聞いていなかったことを改めて思い出したのだ。

老人は霧の老人を名乗ったが、もちろん、それは変名であるに決まっていた。

ここまで戦略を語り合ったのだから名前くらい知りたい、そう申し出ると老人はこう言った。

「昔、昔、大昔。異世界の地中海世界にハンニバルという男がいた。彼は二六歳でカルタゴ軍の司令官になると、瞬く間にイベリア半島を席巻《せっけん》、ピレネー山脈を越えてガリアの地に入った」

老人の言葉に圧倒される。

「彼は追ってきたローマ軍を煙《けむ》に巻《ま》くと、アルプス山脈を越え、敵地ローマに奇襲を加えた。その数三万弱」

たった三万人でかのローマを倒せるわけがない、とは言わない。俺は老人が誰であるか、なかば察していた。

「ハンニバルと呼ばれた男は、その後、敵地で孤軍奮闘し、強大なローマ相手にいくつもの勝利を重ねた。ティキヌスの戦い、トレビアの戦い、トラシメネス湖畔の戦い、そしてカンナエの戦いではローマ軍の指揮官のほとんどを倒すという戦功を上げた」

戦の申し子ハンニバル。その名は俺も知っている。彼の戦略は一流であり、その戦術は神がかっている。用兵家は皆、彼に憧れ、彼の偉大さを知り戦慄する。

かくいう俺もそうだった。そのことを正直に話す。

老人はにやりと笑うと、

「その後、スキピオとかいう青二才に敗れたがな」

口惜《くや》しそうに言った。

「ハンニバル将軍は戦略で勝ち、戦術で圧倒しましたが、政治には無関心でした。本国と連携が取れなかった。もしも取れていれば今頃ローマはカルタゴ人のものとなっていたでしょう」

「さっきも言ったが、歴史にもしもはない。ハンニバルの戦略と戦術は極北にあったが、政治がお粗末だった。それだけのこと」

ただ、続ける。

「それはこの異世界でも変わらないようだ。相変わらず政治が上手《うま》くない。だから政治も謀略もこなせる魔王を弟子にしようと本を贈ったのだ」

「貴殿がハンニバル将軍であると認めるのですか」

「ああ、隠すことではないからな」

と老人が言い切ったので、先ほどもらった本の表紙を見る。

そこには『ハンニバル戦記』と書かれていた。著者はもちろん、ハンニバル・バルカ、目の前の老人である。

ハンニバル老人は「それはカエサルのガリア戦記にも勝るとも劣らない名文。しかもこの世に一冊しかない。是非、読み、理解し、今後に役立ててほしい」

そう断言すると俺に背中を見せた。

是非、俺に仕え、その天才的な戦略を役立ててほしい、というのは贅沢過ぎる願いだろうか。

俺はハンニバル将軍が出仕を願っていないことを悟っていたので、その言葉を発しなかったが、後年、後悔することになる。

ハンニバル・バルカという名将の言葉をもっと聞き、その生き様を身近で見たかったが、その願いは叶うことはなかった。

それは魔王アシュタロトにとって痛恨の極みとなった。

後年、俺の伝記を書き記した歴史家はそう著述した。

興奮冷めやらぬうちに村に帰った俺だが、ハンニバル将軍と会ったことは誰にも伝えなかった。俺だけの秘密にしておきたかった、ということもあるが、歳三やジャンヌはハンニバルのことを知らないと思ったのだ。

ジャンヌは農民の娘、無学であろうし、歳三は日本人、ハンニバルの業績を知らないと思われた。本当にすごい老人なのだが、彼の素晴らしさとその著書の価値は俺だけが知っていればいいことだった。

†

俺は村に帰るなり、ハンニバルにもらった著書を食い入るように読んだ。

朝食を食べるときも、村を旅立つときも、道中の馬の上でも。

ハンニバルがイベリア半島やローマで試した戦略と戦術の解説を食い入るように読みあさった。

ハンニバル将軍は圧倒的寡兵、圧倒的不利な状況で当時最強と謳《うた》われたローマ軍に対抗した。

前方に有能な敵の将軍、後背に無能な味方の政治家を抱えながら、戦史に残る勝利を築き上げた。

その秘訣《ひけつ》がすべて彼の著書に書かれていると思うと、ページをめくる手が止まらない。馬上どころから道中立ち寄った宿屋の風呂にまで持ち込もうとした俺の姿を見て、さすがにジャンヌが注意してくる。

「魔王は本の虫過ぎるの。そんなんじゃイスマリア伯爵の交渉に失敗するの」

ジャンヌに注意されるとは相当なことだった。しかも正論で。たしかに彼女の言うとおり、本にかまけていたら上手くいくものもいかなくなるかもしれない。

反省した俺は、魔法で鷹《たか》を呼ぶと、鷹の足に本をくくりつける。

本をアシュタロト城に送りつけて誘惑に打ち勝つことにしたのだ。

それを見てジャンヌは「潔いいの。魔王はだから好き」と言った。

歳三も「恋女房」を手放すとはやるね、と感心してくれた。

『ハンニバル戦記』を城の書斎に送り、完全に意識を切り替えた俺は、イスマリア伯爵について考える。

「さて、すでにここはイスマリア領、そろそろ伯の城に着くはずだが」

「どこから入るの？」

「もちろん、正門から堂々と入る」

「堂々と入って堂々と捕縛されるのか」

「そうだな。それを持って開戦理由としたい」

「それなのだが、捕まったその場で斬られる可能性はないのか」

「ある」

即答するとジャンヌは「まじで！」という顔をした。

「ああ、だから伯爵の城に入るのは俺と歳三だけだ」

「私を置いていくなんてあんまりなの」

「その場で三人斬られたら困るだろう。もしも俺たちが討たれたら敵を討ってくれ」

冗談めかして言うが、ジャンヌは笑うような気分ではないようだ。

俺はすまないと頭を下げた上で訂正する。

「冗談だよ。いきなり斬られることはないだろう。イスマリア伯は俺を人質にした上で領土の割譲を迫るはず。それが一番効率がいいからな」

「ほんと？」

「ほんとさ。だが、捕縛はされるだろうから、捕縛されたあとに自由に動ける存在がほしい。ジャンヌは風魔の小太郎と一緒に俺を助けてくれ」

優しげな口調で言うと、ジャンヌは冗談めかし、小太郎の口調を真似る。

「承知」

と笑いながら言うと、俺たちはジャンヌと別れた。

歳三とふたりきりになると、今度は歳三が尋ねてきた。

「あの程度の別れでいいのかい。もしかしたら本当に死ぬかもしれないのに」

「本当に死ぬかもしれないからあれでいいんだよ」

「まあ、お嬢ちゃんごと死なれたら寝覚めが悪いからな」

と歳三は他人事《ひとごと》のように言うと、ふたりは馬に乗ったままイスマリア伯爵の支配する街に入った。

街には門番はいなかったが、すぐに衛兵がやってきた。

魔術師風の男と東洋人のサムライという組み合わせは彼らの職業意識を刺激してやまないのだろう。

衛兵たちは緊張した表情で誰何してくるが、俺たちはあっさりと身分を名乗った。

「俺の名は魔王アシュタロト、それにこいつは部下の土方歳三だ。我々はイスマリア伯爵に客人として招かれた。是非、城に案内してほしいのだが」

イスマリアの衛兵たちは伯爵の名を出すと急に態度を変えた。平和的になる。おそらく、俺たちがやってくることはあらかじめ知らせているのだろう。

俺たちは衛兵に案内され伯爵の城へおもむくが、伯爵の城の前に着くと沈黙する。

「…………」

沈黙したのは伯爵の城が思いのほか立派だったからだ。

歳三は「ひゅう、これは落とし甲斐《がい》がありそうだ」

と口笛を吹いた。

俺は城について説明する。

「人間の城は立派なのが多いと聞いていたが、イスマリア伯のはその中でも特筆もののようだな」

「アシュタロト城が小城に見える」

「古城と言ってくれ。アンティークなだけで見た目より防御力はある」

それにしても、と俺は続ける。

「もしこの城を攻めるときは攻城兵器が欠かせないだろうな。それ以前に街を囲む外壁も分厚かった」

カタパルトや破城槌《はじょうつい》も必要だろうな、と城攻めに必要な戦力を計算するが、それが捕らぬ狸《たぬき》の皮算用であると気が付く。

まだ捕まってもいなければ、脱出もしてない。さらにいえば自分の軍も展開させていなかった。今、攻城戦について考えるのは時期尚早だろう。

まずは見事に伯爵と面会し、見事に挨拶し、見事に捕縛されるところから始めなければならない。

そう思った俺は服の襟を正す。イヴが面会用に用意してくれた礼服であったから、綺麗にのり付けされている。しかし、着たのは俺だからどこか曲がっているかもしれない、と思った。

こんなときにイヴがいれば指摘し、直してくれるのだが、それを男の歳三に求めるのは酷だろう。

俺たちは互いに互いの格好を見つめると、そのまま伯爵の城に入った。

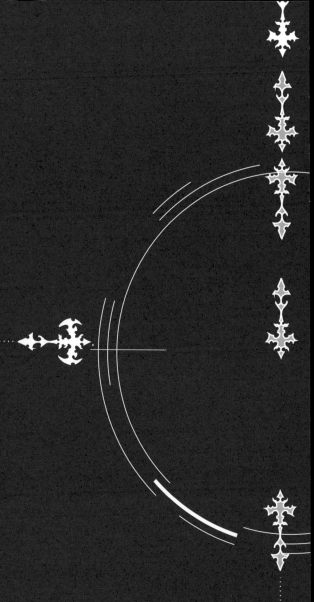

第十六章　伯爵の罠

THE LEGEND OF REBUILDING WORLD BY REALIST DEMON KING

†

伯爵の城に入ると武器を渡すように言われた。客人に対して無礼千万である！

歳三は激高したが、それはなかば演技だった。

捕縛されるのは予見できていた。ここで武器を取り上げられないほうが意外である。

怒ってみせたのは伯爵に怪しまれないようにするためだった。

このような演技をするのは馬鹿馬鹿しくもあるのだが、世の中には馬鹿馬鹿しい演技も必要なのだ、と俺も歳三も知っていたので、終始、愚者を演じると、最後には武器を渡した。

俺は無銘のロングソードとショートソードしか使わないからいいが、歳三は普段、業物の日本刀を使っている。和泉守兼定《いずみのかみかねさだ》である。当たり前であるがそのような上質の刀を渡すわけもなく、本物はジャンヌに預け、今はナマクラを腰に提げていた。それでもこの世界で日本刀は稀少なのだが。

刀を手にした衛兵は珍しそうに刀を眺めると、衛兵の詰め所に持って行こうとした。

俺はそんな衛兵を呼び止める。

「ああ、ついでにこれも持って行ってくれないか？」

「それはなんなのですか」

袋の中に入っている物体を怪しげに見つめる衛兵。俺は説明する。

「実は俺のロングソードは呪われていてね。生きているんだ」

衛兵の顔が青くなる、たしかに魔王が持っている剣は呪われていてもおかしくなかった。

「一日一回、腹を鳴らすから、そのときに袋の中の餌を食べさせてくれ」

「……食べさせないとどうなるんですか」

恐る恐る尋ねてくるが、間接的に答える。

「前にそいつの世話をしていたのは小太りのオークでね。いいやつだったが、今はスケルトン部隊に配属されている。この意味がわかるか？」

「…………」

衛兵は理解したようで、必ず餌をあげます、と首を勢いよく縦に振った。

「助かる」

と彼に礼を言うと、俺たちはそのまま伯爵がいる謁見の間に向かった。

この城の謁見の間はアシュタロト城よりも豪壮で広かった。

歳三は、

「伯爵ってたしか、公爵、侯爵、伯爵、子爵、男爵の真ん中だよな」

と尋ねてくる。

「そうだよ。公侯伯子男ってやつだ」

「その割には随分と立派だ。旦那の城とは比較にならない」

「これでも一応、魔『王』なのだがな」

自嘲気味に言う。

まあ、この世界にも色々な貴族がいて、伯爵の財力が一国の王を凌駕するとはよくあることであった。そもそも魔王は便宜上『王』と呼ばれているだけで、平均すればその領土は伯爵レベルのものが多かった。なにせ七二人もいるのだ、皆が大領土を持てるわけではない。

そう説明すると歳三は納得したが、納得しないこともあるようだ。

「立派な椅子はあるが、肝心の伯爵がいないようだぞ。それともやつは透明人間なのか」

「これからやってくるのだろう」

という予測を述べると、その予測はすぐに当たる。

一際肺活量の多い従者が大声を張り上げる。

「イスマリア伯爵のおなーりー!!」

その声は五臓六腑《ごぞうろっぷ》に響かんばかりであった。我が軍の宣撫隊《せんぶたい》に誘いたいほどであったが、それは後日でいいだろう。今は伯爵に注目すべきであった。

イスマリア伯爵は壮年の男だった。冴《さ》えない男で貴族服を着ていなければ貴族には見えない。農民に見える貧相な男だった。

横にいる使者の騎士のほうがよっぽど貴族めいて見えた。

しかし、イスマリアも四〇年以上貴族をしているのだろう。言葉には迫力があった。

「貴殿が魔王アシュタロトか」

「左様にございます」

片膝は突かない。俺はあくまで魔王、イスマリア伯爵と同等の立場の人間であることを強調しなければならない。

伯爵は厭《いや》な顔はしない。さすがに外交的儀礼はわきまえているようだ。

イスマリア伯爵は席から立ち上がると、俺の手を取り言った。

「貴殿が魔王アシュタロトか、思ったよりも若いな」

「先日、生まれたばかりにございますから」

「しかし、その手腕は海千山千の領主のようだ。この俺も手玉に取られた」

「その節は小賢《こざか》しい真似をしました」

「いや、気にするでない。謀略を張り巡らすは領主の勤め」

「そう言っていただけるとありがたいです」

頭を垂れる。

「そうだ。あまり気にするでない。我々は同盟を結ぶのだしな」

「それなのですが、本当によろしいのか。伯の部下には納得しないものも多いでしょうに」

立派な口ひげの男を見る。彼はぶすっとこちらを見ていた。

「無論、領内のすべてが貴殿に好意を抱いているわけではない。しかし、それはどこに対しても一緒だ」

たしかにそうだろう。普通、隣国とは仲が悪いものである。

「政治と感情は別物ということですね」

「そういうことだ。イスマリアの領主としては貴殿とよしみを結びたい」

「俺も同じです。不戦同盟を結びたい。思惑の一致ですな」

「うむ。というわけですぐにでも調印したいが、まずは貴殿を食事に誘おうか。今宵《こよい》はもてなしたい」

「それは是非」

「それに貴殿に会わせたい人物がいる。それも食事の席で」

会わせたい人物？　とは問わなかった。どのみち、夕食時には会えるのである。急ぐ必要はなかった。

「では、夕食まで部屋に待機していてもらうが、なにか望みのものはあるか」

ちらり、と土方歳三のほうを見るが、彼は冗談めかして「女」と、ささやく。さすがにそれを所望することはできないので、「お構いなく」と言うと、従者に案内され、部屋に向かった。

そこで歳三とは離ればなれになるが、彼とも夕食時には再会できるだろう。

客間のベッドのに腰掛けると、「はあ……」と、ため息をつく。

到着するなり、斬られる覚悟もしていたので、拍子抜けではあるが、まだ気は抜けない。イスマリア伯爵は意外とフレンドリーであったが、ここから事態はどうにでも転ぶと思っていた。

しかし、さすがに長旅で疲れたのでベッドで横になる。日が落ちると同時に夕食と言っていたから、あと二時間くらいは眠れるだろう。人間、眠れるときに眠っておくべきだった。

魔王でも疲れが溜《た》まれば判断が鈍るし、肉体的な能力も落ちるのだ。

『優秀な指導者は寝るべきときに眠るもの』

勝手に格言を作ると、俺はそのまま眠りについた。

†

夕刻になると侍女がやってきて、着替えを用意してくれる。煌《きら》びやかな衣装だった。

「これは？」

侍女はうやうやしく答える。

「それは夕食のときにお召しになられる衣装でございます」

「まるでパーティーのようだな」

「その通りです。夕食のあとには軽いダンスパーティーを用意しています」

「ダンスは苦手なのだが」

「大丈夫です。アシュタロト様は華があるので会場にいるだけで女性を魅了します」

歳三ならば「君もその中のひとりかな」と言うだろうが、あいにくとそのような気の利いた言葉はいえない。素直に侍女の持ってきた衣服に着替えると、土方と廊下で出くわす。彼はいつもの服を着ていた。

「俺に貴族が着るような服は似合わない」

「同意だ。まあ、軍服でダンスパーティーというのも粋ではある」

「だろう。しかしまあ、旦那は剛毅だな、寝癖が付いているぞ」

「ああ、これか。さっきまで寝ていたからな」

「敵中でいびきをかいて寝られるとは大物だ」

「お前も似たようなものだろう。目やにが付いているぞ」

歳三もどうみても熟睡したように見えた。

「俺のは無神経と言うものだ」

彼はにやりと笑うと、一緒に城の食堂の間に向かった。

イスマリア城の食堂の間はとても広く、一度に三〇人は入れそうであった。

その大きな間を三人で占有するわけだが、俺と歳三が席に着くと、奥から別の人物がやってくることに気がつく。

貴族の令嬢のような格好をした女性で、歳は一八くらいだろうか。見目麗しい。まるでお姫様のようであるが、似たようなものだった。

イスマリア伯爵は自慢げに彼女の正体を話す。

「おお、我が娘よ、よくきた。相変わらず美しい」

予期はしていたが、あらためて伯から聞くと少し驚いてしまう。目の前の女性はあまりイスマリア伯に似ていなかった。かなりの美人なのである。母親似なのだろうか。

まじまじと見つめてしまった駄目だろうか、伯爵の娘は恥じらう。

「まあ、そのように見つめられると恥ずかしいですわ、アシュタロト様」

「それは失礼しました。ですが、とても美しかったのでつい」

「口がお上手ですね」

伯爵の娘は微笑むと、自己紹介を始める。

「私の名はジェシカ。イスマリア伯爵の娘のジェシカと申します」

「美しいお名前だ」

「ありがとうございます」

ジェシカは微笑みながら席に着くが、椅子を引くテンポが一瞬遅れた女中を睨《にら》み付《つ》ける。女中は顔面を蒼白《そうはく》にさせ、謝る。かなり気の強い娘なのだろう。それだけで容易に想像できた。

女中が小走りに去ると、ジェシカは再び笑顔を浮かべる。なかなかの笑顔だが、作り物めいた感じがした。

その後、給仕たちが料理を持ってくる。彼女たちがスープを注ぐ、カボチャの冷製ポタージュスープはとても旨かった。

コース料理がいくつか出てくる。それも満足いく出来であったが、ナイフとフォークを持つ手が止まる。イスマリア伯爵が政治とは無関係の話をしてきたからだ。

「ときにアシュタロト殿、貴殿は結婚をされているかね」

「あいにくと独り身にございます」

それを聞いたイスマリア伯爵はにやりとした。

「それは素晴らしいな。――いや、もったいないな。どうだね、うちの娘と結婚しないかね」

さりげない一言、肉屋に買い物に行ったら、ソーセージも勧められるような気軽な提案だったので、思わずイエスと言ってしまいそうになるが、もちろん、軽々には答えられなかった。

「まだ結婚するのは早いかと。領主になったばかりですし、明日も分からぬ身ですから」

「明日が分からぬとは」

「いつ攻め滅ばされるとも分かりませぬ」

「それはどの領主も同じだろう。しかし、皆、結婚をし、子孫を残している」

「俺には難しいかと」

「難しいのではない。煩わしいだけであろう」

その通りなので反論のしようがないが、イスマリアはたたみかけてくる。

「どうだね、我が娘を嫁とし、イスマリア家とアシュタロト家の繁栄を永遠のものとしては」

「ありがたい提案ですが、後日、ゆっくり考えたいです」

「うちの娘を嫁にできないということか」

「そういうわけではないのですが」

俺が困った顔をしていると、当のジェシカが助け船を出してくれた。

「お父様、アシト様がお困りですよ。いいではないですか、そのような話は今後にとっておけば」

その言葉を聞いたイスマリア伯爵は、「たしかにそうだな」と言うと、話を切り替える。

伯は狩猟の話を始める。なんでも食堂に飾ってある大きな鹿の首は彼が仕留めたものらしい。イスマリア領には良い狩り場があるのだそうだ。今度、一緒に行こうという話になる。

このように伯爵家との会食は進むが、居たたまれない気持ちになる。結婚の話は終わったはいいが、終始、ジェシカがこちらに熱視線を送っていたのだ。美女に見つめられるのは悪い気はしないが、ジェシカという女性はどうも苦手だった。会食が終わり、部屋に戻るとき、歳三は言う。

「あれは悪女だな、気をつけろよ。色香に惑わされたら、逸物《いちもつ》ごと食いちぎられるぞ」

さすがは多くの女性と浮名を流した男である。観察眼が素晴らしかった。

「肝に銘じておくよ」

と返答すると、施錠するが、その夜、トラブルを抱えてその娘はやってくる。

†

イスマリア城の客間は小綺麗《こぎれい》で落ち着く造りをしていたが、欠点があるとすればそれは外から鍵を解除できるということだろうか。

夜中、施錠をしていたのにガチャリと扉が開く。

中に入ってきたのは暗殺者——ではなかった。

いや、暗殺者ならばどれだけ良かったか。入ってきたのは限りなく透明に近いネグリジェを着た女性だった。

ジェシカである。彼女は裸体に近い格好で俺の部屋に入り、小さな声でささやいた。

「アシト様、今宵はお情けをもらいにきました」

——お情け、つまり抱いてくれとことだろうが、なんと情熱的な娘なのだろうか。ジャンヌの十倍は積極的な女性であったが、残念ながら出逢《であ》ったばかりの女性と寝所をともにするほど肉食系ではなかった。

　形式的に彼女の美しさを褒めたあとに丁重に出て行ってもらう。

　しかし、ジェシカは納得しない。

「どうしてですか、アシト様。わたくしの美しさはイスマリア一です」

「それは理解していますが、だからこそ軽々に物事を進めたくない。もう少しお互いに知り合ってから」

「男女が知り合うのにこれ以上の方法がありましょうか」

「それでも一足飛び過ぎます」

と言うと、彼女は怒りを隠さなくなる。子供の頃からなんでも思い通りになっていたのだろう。自分の意に沿わないことがあると癇癪《かんしゃく》を起こすらしい。

　またせっかく自分からきた、という思い上がりもあったのだろう。それに断られるとも思っていなかったので自尊心を大変傷つけられたようだ。

　怒り心頭の彼女は大声を張り上げる。

「よろしいのですか、アシト様、これ以上、わたくしに恥をかかせたら、なにをするか分かりませんよ」

「隠し持っているナイフで俺を刺すのかね」

「そのような無粋な真似はしません。ただ、大声を張り上げて助けを呼びます」

彼女は自分の衣服を破る。透け透けな分、簡単に破れるようだ。

「この姿で人を呼んだらどうなるか、賢明なアシト様ならば分かるでしょう」

「なるほど、それは分かるが、君は俺が脅しに屈するタイプではないと分かっていないようだ」

その返しにむっとなったジェシカはもう一度、忠告する。

「いいのですね？　叫びますよ？」

「ご自由に――」

俺がそう言うとジェシカは大きく息を吸い、絹を切り裂いたかのような悲鳴を上げた。

当然、衛兵が飛び込んでくるが、同時に歳三もくる。

彼は呆れたように俺の顔を見ると、こう言った。

「旦那も大変だな、同情するよ」

「同情はいいよ。お前も一緒に獄に繋《つな》がれるのだから」

「たしかにそうだ」

思い出したかのように一緒に笑うと、俺たちは衛兵に縛られながら、地下に連行された。


牢獄で寝転がっていると怒りで顔を染め上げた伯爵がやってくる。

「貴様、俺の娘を傷物にしたとは本当か」

まるでヤクザのような言い分だが、領主などというものは元々ヤクザと大差はない。

言い訳をしても無駄だと分かっている俺は肯定する。

「あなたの娘があまりにも魅力的だったので」

棒読みだな、とは歳三の感想であるが、事実なので反論はしない。その態度にイスマリア伯爵はさらに怒り心頭となる。

「不埒《ふらち》な真似をしておいて、その態度、許せない。しばらくその牢屋《ろうや》で頭を冷やせ」

すぐに処刑しないのは、ジェシカが俺にまだ未練があるのか、それとも一国の指導者を容易に殺害できないと思ったのか、定かではないが、とりあえず安全は確保されたようだ。

しかし、女心と領主の心は変わりやすいという。いつ、心変わりするか、分かったものではない。

そう思った俺は歳三に相談を持ちかける。

「歳よ、ちょいと相談があるのだが」

「なんだ。男色に目覚めたのか」

「そうだと言ったら応えてくれるのか」

「絶対に嫌だ」

「ならば違う。俺がしたい相談は脱出についてだ」

「それならば話に乗るが、どうやって脱出する。この檻《おり》は対魔術用の防御壁が張られているぞ」

「それは知っているというか、想定済みだ」

「ならこの城に入るときにわざと没収させた剣が脱出の鍵か」

「察しが良いじゃないか。その通りだ。あの剣は意思を持っていて、いつでも呼び出せる。しかし、問題なのはタイミングだ。もっとも手薄な時間を狙いたい」

「ならば丑三《うしみ》つ時《どき》にするのだな。草木も眠るというやつだ」

「夜中の二時か。ならば今から寝るが、冷たい牢獄で眠れるか？」

「簡単だ。むしろ、貴族育ちのあんたのほうが心配だ」

「俺に唯一、軍人としての才能があるとすればどこでも眠れるということだ。荷馬車だろうが、石畳だろうが、どこでも眠れる」

「そいつはすごいな。拝見させてもらおうか」

と言うと歳三はごろりと寝転がる。俺もそれに習うと眠った。どちらが先に眠るかの勝負であるが、この勝負の欠点は審判がいないことだろうか。

どちらかが先に眠ったかの判定は不可能だった。

俺と歳三はほぼ同時に眠ると、ほぼ同じ時間に目覚めた。

夜中の二時手前にむくりと起きると、双方確認する。

「これから一暴れするが、その前に小便をするか」

順番に互いにツボに小便を垂れると、俺はこの城のどこかにある剣に呼びかける。

「出《い》でよ、リビング・ソード!!」

そう念じると生きた剣は音もなく現れる。格子の隙間から入ってくると、歳三の手に渡る。

歳三は、

「西洋のロングソードは苦手なんだが、この際贅沢は言えないな。斬鉄を試す」

そう宣言すると、日本刀を扱うかのように腰に剣を置く。そのまま抜刀術をするようだ。

俺はそれを観察する。

歳三の抜刀術は素晴らしかった。まるで鞘《さや》に収められた日本刀のようにするりと抜けると、ロングソードが格子に向かう。

歳三は菱形《ひしがた》の残像を作ると、それがそのまま現実となって格子を切り抜く。

脱出路が作られたわけだが、俺たちは悠然と格子をくぐると、牢獄の外に出た。

歳三いわく、その様には王者の貫禄《かんろく》があるらしい。

ありがたい表現であるが、やっていることは深夜の脱出に他ならなかった。

†

牢獄を脱出すると、俺たちは潜入モードに切り替える。

このまま破壊工作をしながら派手に逃げてもいいのだが、魔王アシュタロトは慎み深い王なのだ。

静かに招かれ、静かに退出することをモットーとしていた。

なので牢獄の前にいる看守は、歳三とふたり同時に襲いかかる。あうんの呼吸で後背に回り込むと、首筋に手刀を入れる。意識を失う看守。

「それにしてもどうして首筋に手刀で気絶するのだろうな」

「さてね」

と答えると、看守を牢《ろう》の中に引きずり込み、縛っておく。

そのまま城に出ると、ときおり、出くわす見張りに同様のことをする。物陰に潜んで攻撃を加えたり、透明化の魔法で後背に回り込んだり、色々だ。

「怪盗アシュタロト様だな。どうだ、宝物庫に忍び込んでお宝を奪うのは」

「それは悪くないが、まあ、またの機会に。今は一刻も早くジャンヌと合流、その後、イヴとも合流して軍を動かしたい」

「無慈悲な懲罰を加えるのだな」

「ああ、ここ数年で最高のやつを加える」

そう言い切ると、警報が鳴り響く。

「っち……」

舌打ちをする歳三。

「どうやら看守が起きたかな」

「かもしれないな。まあ、いい、ここまでこられれば上等だ。もう潜入モードはお終《しま》いだ。強襲モードに切り替える」

歳三は断言すると、さっそく、やってきた衛兵をロングソードで切り捨てる。

やれやれと思わなくもないが、もはやそれしか残されていないだろう。俺は拳に魔力を込めると、徒手空拳で戦いながら出口を目指した。

あっという間に城のエントランス・ルームに出ると、そこで衛兵数十人に取り囲まれる。前後左右すべての方向からやってくる。しかも、まだまだ増援がきそうであった。

「なかなか手際が良い」

そう評すると、応じてくれたのはイスマリア伯爵だった。

「魔王を城に迎えるのに、警備を手薄にする理由があるのかね」

「ないね」

「つまりそういうことだ。大人しく捕まってくれ――、とは言わない。なぜならば捕まえてもお前はまた逃げるだろう」

「脱獄記録更新は男の夢だ」

「その夢もここまでだ」

「ジェシカが悲しむぞ」

とは歳三の弁だが、イスマリアは平然と言う。

「魔王アシトは獄中で自殺した。誇り高い男だった、と言っておく」

「それは有り難いが、ただで死ぬ気はないな。何人か衛兵を道連れにして、お前さんの首がほしい」

「それは無理な相談だな」

イスマリアがそう言うと、彼の視線が端にいる執事と交わる。それと同時に執事はなにかボタンのようなものを押す。

すると歳三のいた場所、地面がぱかりと空く。歳三はそのまま地下に落ちていった。

それを他人事のように見ると「俺は参ったな」と口にした。

「この状況でも脱出する自信はあったんだが、歳三を置いてはできない」

「ならば一緒に地下に落ちよ。そこで朽ち果てるがいい」

「ご配慮感謝するが、最後のは遠慮する」

と言うと同時に俺の下もぱかりと空いて重力のくびきから解放される。

真っ逆さまに落ちる。まるで激流を下るような感覚だが、激流下りと違うところは楽しくないということだろう。

落下の衝撃で死んだら堪らないので、落下地点にたどり着くと、魔力を逆噴射して衝撃を緩和する。もしもそれをしていなければ地面に叩《たた》き付《つ》けられて骨折していただろう。

この落とし穴は落ちたものを死なない程度に怪我をさせ、地下牢で苦しみ悶《もだ》えさせながら殺す役割があるようだ。悪趣味な仕掛けである。

地下に落ち、周囲を確認すると周りは骸骨だらけであった。人間、魔族問わない。何百年も使われてきた形跡がある。伯爵の陰険さは先祖譲りのようだ。

「さあて、歳三の安否を確認するか」

伯爵の陰険さを言語化し、なじることはいつでもできたので、相棒の捜索を始める。もしも怪我をしているようならば、手当てする必要があったが、それは彼を舐めすぎたようだ。

歳三は途中でロングソードを壁に突き立て、落下速度を緩め、受け身も取ったようである。傷ひとつなかった。

「さすがは鬼の副長だな」

そう言うと彼は不敵に微笑む。

「しかし、イスマリア城の深くにこんな辛気くさい場所があったとはな」

「伯爵の先祖が作ったようだ」

「陰気な先祖だ。そっくりだな」

歳三も同様な感想を漏らすと、俺はロングソードの柄に《灯火》の魔法を掛ける。

「その光で探索してくれ。お前は左回り、俺は右回り」

「あいよ」

歳三が動くと俺も動き、探索を始める。探索と言っても地下水牢《みずろう》は五分ほどで一周できる作りだった。同じ地点で歳三と出会う。

「これはもしかして詰みというやつかな」

歳三は漏らすが、まだ中央にある水堀の中は調べていなかった。

「水堀があるということはどこかに繋がっているはずだ。そこから脱出できるかも」

「たしかに。旦那、ちょいと潜ってきてくれ」

「主にそんなことをさせる気か」

冗談めかして言う。

「俺は泳ぎは苦手なんだよ。それに水門に格子があったら、旦那の魔法が必要だろ」

「たしかに」

納得すると俺は水に潜る。《水中歩行》、ウォーター・ウォークの魔法を掛ける。この魔法は水中の底を歩き、しかも空気まで得られる便利な魔法だった。

歳三はさすが魔法使いと羨むが、俺はそのまま水堀の中を調べる。やはりそこはどこか他の場所に繋がっているようだが、問題なのは鉄格子に対魔法処理がされていることだった。魔法で切断は難しい。

これは歳三を呼び、水中で斬鉄をしてもらうしかないな、そう思った俺は水面に浮かび上がろうとするが、それは出来なかった。格子の向こうに見慣れぬ人物を発見したからである。

彼はキツネの面をかぶった老人で、水中で抜刀術をしようとしている。

老人がそのような器用なまね出来るものなのか？　注意深く観察していると、老人は俺の杞憂《きゆう》をあざ笑うかのように見事な抜刀術を決める。

四角い線が走ると、その形通りに格子が切れる。見事である。先ほどの歳三の抜刀術とまったく見劣りしなかった。

老人は俺が観察していることに気が付いたのだろう。あごをくいっとやりこちらについてこい、というジェスチャーをする。うなずくことでその意志に従うことを伝えると、水面に上がり、歳三を呼ぶ。

「面白い剣士が助けてくれた。キツネ面の剣士だ」

歳三は心当たりがあるのだろう。

「ほう……」

とだけ言うと、両耳に唾を付け、水中に潜る準備をする。

歳三は水中に飛び込むと、ぶかっこうな泳ぎで切れた格子をくぐった。

俺も彼のすぐ後ろを付いていくと、そのまま水中を泳ぎ、牢獄ではない別の場所に出た。

†

水牢の先にあったのは墓地のような場所だった。

「ここは？」

俺が口にすると、答えてくれたのはキツネ面の老人だった。

「ここはカタコンベ大墳墓」

「カタコンベ大墳墓？」

「そうだ。イスマリア城の地下深くにある迷宮。かつて名無しの魔神を祀《まつ》ったという邪神の聖地」

邪神の聖地とは面白い言葉だ、と思ったが、指摘はしない。

「その大墳墓になぜ、貴殿が。そもそも貴殿は誰だ」

俺が問うと、老人は俺の横にいる歳三を指さす。

「そこにいる死にたがりの男の顔を見にきた」

「知り合いか？」

歳三は微妙な顔をする。

「前の世界で会ったことがあるらしいが、覚えがない。新撰組なのか？　爺《じい》さん」

歳三は尋ねるが、老人は「ふぉっふぉっふぉ」と笑うだけだった。教える気はないようだ。

「まあ、そのうち厭でも正体を明かすことになる。しかし、その前に一緒に地上に出る方法を探らないか？」

「共闘する、というわけか」

あごに手を当てて考える。いや、まあ、選択の余地はないのだが。

「老人、貴殿には水牢から出してもらった恩がある。それに合理的に考えれば一緒に地上へ出たほうがいいに決まっている」

「さすがは合理的な魔王よ」

老人は微笑むと、手を差し出してきた。握手をしようということだろう。彼の手を握りしめる。

老人の手は思ったよりも分厚かった。武人の手である。

彼が何者なのか、興味は尽きなかったが、詮索をやめると、俺たちは一緒に大墳墓の捜索を始めた。

「それにしてもイスマリア城の地下にこんな巨大な迷宮があったとは」

「巨大な迷宮の上にイスマリア城が建ったというべきだな」

「両者に関連はあるのですか」

老人は「ない」と切り捨てる。

「強いて言えばここは古代から交通の要衝だった。遺跡の上に都市が建てられたのだろう」

「なるほど、しかし、老人はなぜ、この遺跡に？」

「ちと事前調査にきてな。今、おれが仕えているお方はこの大墳墓に興味がある」

「秘宝でも眠っているのですか」

「さてね、それは秘密だが、地上へのルートが知りたい。ときに情報は秘宝よりも高価だな」

「同感です」

と言い切ると、前方に蠢《うごめ》くものを発見した。

スケルトンの集団がかたかたとこちらを見ている。

「さすがは大墳墓、アンデッドは多そうだ」

「多そうだ、じゃなくて多いんだよ」

歳三の言葉を修正すると、その奥からさらになにものかがやってくるのを確認する。

腐った肉をつぎはぎしたかのような屍鬼《グール》だった。

「まったく面倒くさい連中と出くわしたな。アンデッドは交渉できないから嫌いなんだ」

「俺もだよ。剣が脂でべっとりするから嫌いだ」

「そういえば日本刀じゃないが、大丈夫か」

「欲を言えば刀がほしいが、贅沢は言えない」

歳三はそう言うが、老人は無言で腰にある一振りの刀を歳三に投げる。

「無銘だが、良い刀だ」

老人は一言だけ言うが、それですべてを察した歳三はにやりと笑う。

「ここまで期待をされてしまったら、俺が一番あいつらを斬らないとな」

「そうして頂けると助かる」

俺がそう言うと歳三は風のような速度でアンデッドの一団に突っ込んでいく。

いきなりの袈裟《けさ》斬りでスケルトンの盾ごと切り裂く。まさしく剛の剣であった。

一方、老人も遅れて参戦するが、彼は柔の剣だった。大ぶりせずに的確に敵の戦闘力を奪う。スケルトンは頭を破壊しても動くが、手を破壊すれば武器を持てなくなる。足を破壊すれば歩けなくなるので、そこを重点的に狙う。

まったくもって合理的な戦いであるが、互いに一撃で勝負を決めるところはよく似ていた。

新撰組は実践剣法の集団と聞いていたが、やはり老人も新撰組関係者なのだろうか。そんな考察をしていると、奥からやってきたグールがうなり声を上げる。

巨大な斧《おの》を引きずりながらつっこんでくる。

「こいつは特殊なグールだな」

俺は解説する。

「どう特殊なんだい？」

歳三は尋ねてくる。

「文献で読んだのだが、グールとは死体を改造して作った不死兵器だ。その中にはさらに特殊な方法で作ったやつらもいて、こいつがそうなんだろう」

と言うとグールの巨大な戦斧《せんふ》が歳三を襲う。端から受ける気など毛頭なかったのだろう。颯爽《さっそう》と避けると足下に巨大な穴が広がる。

「たしかに特殊だ。なんていう馬鹿力なんだ」

「古代の罪人を集めて、その死体を選《え》りすぐってできたのがこいつなんだろう。邪悪な力を持っている」

「道理で各パーツの大きさが違うわけだ」

両足の長さが違うし、右手に至っては左手の二倍太かった。

「ああ。厄介な生き物だが、倒せるか」

「俺ひとりでは無理だな」

ちらりとキツネ仮面の老人を見るが、彼も苦笑を漏らしながら言った。

「これこれ、老人を頼るものではない。先ほども見ただろうが、俺の剣は柔い」

「あれは余技だろう。太刀筋を見るからに本来のあんたは俺と同じ剛の剣のはずだ」

「まったく観察眼だけは相変わらずだな。しかし、本気の剣はそうそう見せられん。本気の太刀筋を見せればさすがに正体が気取られる」

それにおれが年寄りなのは変わらない、と笑う。

まったく、食えない爺さんだ、俺と歳三は笑いながら、互いに視線を交差させた。

†

結局、罪人グールは歳三が倒すことになったのだが、俺もなにもしないというわけではない。

後方から強化魔法《バフ》を使い援護する。

日本刀の切れ味を倍加する付与魔法を掛け、身体能力を高める魔法を掛ける。

歳三は、

「ほう、これが強化魔法か。有り難い」

と言う。

「いつもより速く動けるから、振り回されるなよ」

歳三はその場でぴょんぴょんと跳ね、自分の身体能力を確認すると、にやりと笑う。

「こいつはいい。今なら薩長《さっちょう》の犬を一〇〇人は斬れそうだ」

物騒なことを本気の口調で言う歳三。その態度はとても頼もしかった。

実際、歳三は鳥羽《とば》伏見や函館《はこだて》戦争で多くの新政府軍を斬ったのだ。もしも魔法の援護があればひとりで小藩ならば倒してしまったのではないだろうか、それほど歳三の剣には鬼気迫るものがあった。

いつの間にか横に立っていたキツネ面の老人が説明を始める。

「新撰組で最強の男は誰だったか。後年、色々な人々から尋ねられた。毎回、その不毛な論議には参加してこなかったが、他の隊士はこんな証言を残している」

「新撰組で一番剣術が上手かったのは、沖田総司《おきたそうじ》だ。しかし、やつは身体が弱く、後年、まともに剣も握れなかった。そこを考えると二番隊の永倉新八《ながくらしんぱち》、三番隊の斉藤一《さいとうはじめ》ということになるのだろうか。あるいは二刀流の使い手服部武雄《はっとりたけお》、南部の出稼ぎ侍の吉村貫一郎《よしむらかんいちろう》の名を上げるものもいる」

「どの人物も名だたる剣豪ですね」

「ああ、しかし、間近で見てきたおれに言わせればやつらは皆、道場剣の延長に過ぎない。無論、実践はいくつも経験してきたが、それでもお上品すぎる」

「それではいったい、誰が最強なのですか」

「逸《はや》るな魔王。さて、ここでひとつ、昔話を。池田屋事件を知っているかね」

「薩摩《さつま》の内紛のほうの寺田屋ではなく、新撰組が絡んでいるほうですよね」

「博識だな。そうだ」

「ならば知っています」

「その池田屋では不逞《ふてい》浪士を三〇人を捕縛するため、多くの新撰組が動員されたが、行き違いで近《こん》藤勇《どういさみ》以下四人しかいない組のほうが現場を見つけてしまった」

「有名な話です。近藤勇と沖田総司、永倉新八、藤堂平助《とうどうへいすけ》、この四人が池田屋に乗り込み、圧倒的多数の不逞浪士を切り伏せたのですよね」

「そうだ。あまりにも多くて捕縛することもできなくてな。結局、多くのものを斬り捨てたのだが」

「四人対三〇人じゃ、捕縛している間に逆に斬られます」

「うむ、その通り。ま、それがなくても日頃から人を斬るなど屁《へ》とも思っていない連中だ。多勢に無勢などものともせず、浪士どもを斬ったのだが、途中、上品な坊やの沖田総司が結核の症状をみせてな。三人となった」

「らしいですね。ほとんど、近藤勇と永倉新八が斬ったとか」

「それも誇張だな。永倉新八も途中、負傷し、退場した」

「つまり、三〇人の浪士をほとんど近藤勇が斬ったということですか？」

「ああ、そうじゃよ。池田屋の浪士の過半はあの男が斬った。新撰組局長近藤勇。天然理心流の継承者にして道場主。のちに一万石の大名になる男だ」

「すごいですね。組織の長みずから戦うとは」

「当時はそうせねば隊士が付いてこなかった。誰が壬生狼《みぶろ》とさげすまされる浪人衆に好き好んで付いてこよう。こいつは強い、こいつの下なら出世できる。そう思わせて初めて隊士たちは命がけで戦うのだ」

「つまり、新撰組で一番強かったのは局長の近藤勇だった、と？」

キツネ面の老人はこくりとうなずくが、「──だが」と続ける。

「その局長が常日頃から自分より強いと言っている男がいた。そのものの名は土方歳三。鬼の副長歳三こそが最強の男であると」

老人は昔を懐かしむ口調であったが、その言葉に虚言はないようだ。それを証明するかのように歳三は戦闘を繰り広げている。

罪人グールの動きは緩慢であるが、不死の身体は異常に丈夫で、一太刀で勝負は決まらない。必殺の一撃を何度も耐え抜くグール。耐え抜くだけでなく、肉を切らせて骨を断つかのような一撃を加えてくる。

並の剣士ならば五度はすでに死んでいるだろう。グールの一撃はそれくらいに的確で強力だったが、歳三は紙一重でそれをかわすと、さらにカウンターのカウンターを決める。

彼の実力は知っていたつもりであるが、改めてみると化け物じみている。異形の罪人グールよりも恐ろしい空気を孕《はら》んでいる。

「新撰組で一番強かった男……か……」

誇張ではないだろう。土方歳三という男は切れ者の組織の長のような見方をされることが多いが、その実、本当は誰よりも剣頼りの無骨者なのかもしれない。そう思った。

土方歳三の評価を再確認すると、歳三はその評価を確定させる。どうやら罪人グールにとどめを刺すようだ。

「罪人の身体を寄せ集めて化け物を作るとは、古代人もあくどい。そろそろ大地に還してやろう」

歳三はそう言うと剣を引く。

「あれは？」

と問うと老人は答えてくれる。

「新撰組お得意の片手平突きだな」

「やはりそうですか」

「鬼の副長様が考案した。刀を水平に突く技だ。この技の利点は相手の腹に刺したとき、肋骨《ろっこつ》の間を通り抜け、致命傷を与えられること。また万が一、外した場合にそのまま横薙《な》ぎに持っていけることが挙げられる。――が」

老人はそこで言葉を句切る。

「が、と言いますと」

俺が尋ねると、老人は続ける。

「それは余禄に過ぎない。片手平突きの考案者、土方歳三の片手平突きに二の太刀ははない。その一撃は鋭く、肋骨に防がれることはない。また確実に命中するので、二撃目もない」

老人の宣言通り、歳三の片手平突きはグールの頭部を的確に捉えていた。アンデッドといえども脳はある。いや、屍鬼だからこそ、脳は大切な器官だ。それを察した歳三はなんの迷いもなくそこだけを狙う。

歳三の平突きは目にも留まらぬ速さで罪人グールの右目を捉えると、眼球を突き刺し、そのまま頭蓋骨を破壊する。その先にある脳を砕く。まるで汚い花火のように罪人グールの脳は飛び散る。歳三の顔にも大量の腐肉が飛び散るが、一向に気にした様子がない。ただだからといって無表情でない。とても楽しそうな表情をしていた。土方歳三という男は戦っている間だけ、充実できるのだろう。自分が生きていると実感できるのだろう。この男はとても不器用なのだ。

倒れていく罪人ゴーレムを見つめながら俺は歳三の生き様を見つめると、彼が戦場から戻ってくるのを待った。

†

無事、アンデッドの集団を倒したわけであるが、それと引き換えに歳三は汚れてしまった。衣服が臭う。アンデッドというやつは腐臭がとんでもなかった。

歳三は、

「女と逢《あ》うわけでもない。それよりも腹ごなしだ」

と主張するが、キツネ面の老人は反対する。

「歳を取っても臭いものは臭い。もしも食料を手に入れてもこのような男が横にいるだけで食欲が失《う》せるわ」

「しかしなあ……」

歳三は居心地が悪そうに自分の頬を掻《か》くが、俺も似たようなものだったので、そこら辺に落ちている鉄の棒を両手に持つ。

「それは？」

歳三が尋ねてくる。

「これはダウジングだ。こうやって両手に持って歩くと、近くに水源があるか知らせてくれる」

「水堀なら少し戻ればあるだろう」

「どうせならご老人に温泉でも入ってもらおうと思ってな」

その言葉にキツネ面の老人は、

「ふぉっふぉっふぉ」

と笑う。

「見上げた青年魔王だ。もしも主がいないならばこのまま仕えたいくらいだ」

「いつでも仕えていいんだぜ」

歳三は冗談めかすが、老人にその気がないのは知っているのだろう。それ以上しつこくせずに続ける。

「さて、温泉に入れるのならば入りたい。俺は意外と温泉好きなんだ。近くにあるのかい？」

「それを探している」

鉄の棒をあらゆる方向に向けると、くぱぁっと開く方向を見つける。

「どうやらあるようだぞ」

俺たちはにやりとしながらそちらの方向に向かった。

地下迷宮、それも大墳墓に温泉があったのは、この大墳墓を守る一族が湯浴みをするためだったようだ。浴場は大衆用ではなく、祈りを捧げる巫女《みこ》用で、至る所に女性をモチーフにした彫刻があった。

「まあ、今は誰も使っていないから、浴場で美人と遭遇——などということはなさそうだが」

歳三は残念そうにそう言うと、その場で全裸になる。

立派なものをぶら下げながら浴場に入る。男のなにを見てもつまらないので、俺も全裸になると浴場に入った。

「ふう、気持ちいいな」

思わず漏らすと歳三も首肯する。

「お湯は魔力だね。特に温泉はどんな回復魔法よりも効く」

歳三はそう言うとお湯で顔を洗う。次いでこんな言葉を漏らす。

「話は変わるが、旦那、なかなか見事な裸だな」

「そうか？」

歳三は俺の身体をじろじろ見る。

「ああ、思ったよりも筋肉質だ。魔術師だからひょろそうかと思ったが、腹筋が割れているじゃないか」

「歳三ほどではないがな。一応、毎日、剣を振るっている」

「ほう、意外だな。余暇はすべて読書に充てていると思ったが」

「そうしたいのが本音だが、一応、君主だからな。身体を鍛えるのも君主の勤めだよ」

健全な精神は健全な身体に宿る、と、うそぶく。

「なるほど、魔王の鑑のようだな」

歳三は感心するが、あまりにも感心し過ぎるので変な考察をしてしまう。

はて、土方歳三には男色の気があっただろうか、と。

ここは違う世界では彼はよく男色小説などに登場させられるが、史実の彼は女性好きで、そちらのほうのたしなみはなかったはずだが。もっとも、俺の研究していた世界と歳三の住んでいた世界は違う可能性もあるから、一概には言えないが。それにこちらの世界にきてから目覚めたという可能性もある、などと思っていると、老人が会話に割って入ってきた。

「おれも風呂に入らせてもらうよ」

そう言って入ってきた老人を見て、俺はぎょっとする。

キツネの面を付けて入ってきたからではない。驚いたのはその身体だった。とても老人のものとは思えないほど筋骨隆々だったのだ。全身に傷があり、歴戦の勇者を思わせる。

歳三も同様の感想を抱いたようで思ったことを口にする。

「すごいな、爺さん。とても老人の身体じゃない」

「ありがとうよ。ジジイになっても働いていたからな。必然的に筋肉が付く」

「まったく、とんでもない爺さんだな。早く正体が知りたい」

「そうじゃ、ここでひとつ遊びをしないか」

「遊び？」

「ああ、そこに岩のテーブルのようなものがあるだろう」

「あるな」

ちらりと見る歳三。

「そこで腕相撲をしよう。もしもおぬしが勝ったら、この面を脱ぐ。どうじゃ？」

「面白いじゃないか。ただ、俺は老人をいたぶるのが嫌いだ。敬老精神にあふれているんだ」

「抜かせ。それよりもジジイに負けたときの台詞を考えておけ」

老人はうそぶくと岩に向かう。腰に手ぬぐいを巻いて。

歳三も同じように向かう。

ふたりは岩に肘を付けると互いを睨《にら》む。

「闘志満々《まんまん》じゃな」

「当たり前だ。ジジイに負けていられるか」

「その意気じゃ」

老人はそう言うと俺のほうをちらりと見る。開始の合図と審判役を求めているのだろう。俺も同様にタオルを腰に巻くと、そのまま湯を出た。両者の拳を確認すると、そのまま「用意!」と言った。両者の腕にラクダのようなこぶが出来る。恐ろしい筋肉量である。それを確認した俺は「始め!」と手を振り下ろした。


突然、始まった腕相撲であるが、目の前の老人は想像以上に強かった。見た目だけでなく、とてつもない力を秘めている。

「怪力無双の戦士だな……」

先祖は坂田金時《さかたのきんとき》か鎮西八郎《ちんぜいはちろう》こと源為朝《みなもとのためとも》か。土方歳三は過去の偉人を思い出す。

まあ、それは冗談であるが、この男が斉藤一ではないことだけは分かった。歳三はキツネ面の老人が新撰組の仲間だと確信していたが、誰か見当を付けられずにいる。

新撰組には何十人と仲間がいたのだ。なかなか目星が付けられない。しかし、色々と話してみるとこの老人が近藤勇や沖田総司でないことだけはたしかだった。試衛館時代の仲間、竹馬の友ともいえる近藤と沖田などはさすがにジジイになっても分かる。だから歳三はこの男を斉藤あたりではと踏んでいたが、それも違うと分かった。

なぜ、分かったのかと言うとそれはこの男が右利きだからである。

（新撰組三番隊組長、斉藤一は左利きだった）

ゆえにこの男は斉藤一ではないと分かる。

――分かる。分かるのだがならば誰だろうとなる。雰囲気的には南部の田舎侍の吉村貫一郎に似ているが、あいつは風の噂で京都の南部藩邸で腹を切ったと聞く。

あとは撃剣師範を務めた永倉新八が一番可能性が高そうであるが、こちらは個人的な理由で選択肢から外したかった。なぜならば永倉が敵に回ったら厄介だからである。やつとは試衛館時代からの付き合いでそこそこに馬が合った。鳥羽伏見でもその腕によって命を救われた。敵対はしたくない。

しかし、したくないからといってしなくて済むものならば人生どんなに楽か。

今はこのように腕相撲に興じているが、この男とはいつか斬り合いをしなければいけないような気がした。

そのように思っていると老人が力を込める。

「……いらぬ詮索をしているようだな。余計なことを考えていると負けるぞ」

老人がそう言うと力をさらに込めてくる。一気に勝負を決めるようだ。

「鬼の副長がジジイに負けたとあっては世間の言い笑いものだ。こっちも本気を出す」

と言うと余力をすべて出し切る。

ふたりの剣士の力が最大まで引き出されると、舞台となっていた岩に亀裂が入る。ぴしり、と音を立てるとそのまま真っ二つに裂ける。

相手の腕を押し倒す場所がなくなれば、必然と勝負は引き分けとなった。

老人は意気を荒らげながら、

「大将首を取り逃がした気分だわい」

と、ため息を漏らす。

歳三も同様に、

「ジジイを墓にいれそこねた」

そううそぶくとふたりの勝負は引き分けとなった。

見事な勝負であったが、キツネ面の老人は意外なことを口にする。

「勝負は引き分けだが、まあ、仮面くらいはとってやろうか」

その言葉に歳三と魔王は驚く。

「まじか？」

「ああ、敢闘賞じゃ」

老人はそう言い切ると、あっさりと仮面を取った。

そこにいたのは――、

†

老人はなんの躊躇《ちゅうちょ》もなく仮面を取ったが、そこにいたのは想定外の人物であった。

キツネ仮面の下から現れたのは、ひょっとこの仮面であった。

「なんじゃ、そりゃ」

歳三は少しずっこけ気味に抗議する。

「仮面を脱いだだろう」

「お前は一休宗純《いっきゅうそうじゅん》か。とんちなど言いおって」

「かっかっか、そうだ。とんちだ。だが、焦るでない。いつか必ずこの仮面も取ろう。しかもそのときはそう遠い未来ではない」

「…………」

歳三が沈黙したのは、そのときこそ剣を交えるときかもしれない、と思っているからだろうか。

神妙な面持ちをしている。できれば俺も老人とは敵対したくなかったが、気が合う合わないにかかわらず敵対する運命にいるものというのはたしかにいるのだ。

俺は心の中でそう締めくくると、老人に提案した。

「ひょっとこ齋《さい》どの」

「なんだね」

「湯浴みをしたら腹が減りました。一緒に狩りに出掛けませんか」

「いいだろう。この迷宮の上層部には湖があるらしい。そこでなにか食べられるものを探そう」

ひょっとこ老人はそう言うと、服を着替えた。俺たちもそれに倣うと三人で上層部に向かった。

「地下湖というと風魔小太郎の漂流物が眠っていたダンジョンを思い出す」

「生憎と俺は知らない。あのときは置いてけぼりだったのでな」

「そうだった。たしかイヴとジャンヌしかいなかった」

「そうだぞ。毎回、留守役を押しつけやがって」

歳三が不平を漏らしていると湖が見える。

「でかい湖だな。地底湖というやつか」

「そうだな。いろんな生き物がいそうだ」

「そのようじゃな、お、そこにいるのは」

老人の嬉々《きき》とした声が響くなにか見つけたようだ。

「あそこいにいるのはアザラシのようじゃぞ」

「アザラシというとあれか北《きた》の湖《うみ》にいるという海獣か」

「そうだ。ヒノモトだと蝦夷地《えぞち》に多くいる」

老人はにやりと笑うと刹那の速度で駆け出す。アザラシまで接近した老人は迷うことなく、子供アザラシに剣を突き立てる。

「あ゛あ゛あ゛あ゛あ゛あ゛あ゛あー」

と鳴き声を上げ死んでいく子アザラシ。少し残酷であるが、こればかりは仕方ない。自然の摂理であると諦めていると、歳三はこんな感想を漏らす。

「せめて親アザラシのほうにしたほうがよかったんじゃないか」

その問い老人は笑う。

「それは違う。アザラシにも限らんが、狩猟するときは子供を狙うべきだ。なぜか分かるかね？」

「子供のほうが狩りやすいからか」

違う、と首を横に振る老人。

俺は歳三の代わりに答える。

「それは親を狩ってしまうと、結局、子供も死ぬからです。子供はひとりで餌を取れない。だから狩るならば子供を狩るべきです。二匹分も食料はいらない」

「さすがは魔王だな。その通りだ」

ただ、と老人は短刀でアザラシの腑分《ふわ》けをしながら続ける。

「子アザラシのほうが旨いという事情もある。どのような生物もジジイは不味い」

「なるほど」

俺と歳三は同時に笑みを漏らすと、料理の準備を始めた。俺が火を起こし、歳三が鍋に水を注ぐ。

男だけの料理大会が始まった。


我がメイド、イヴは旅先だろうが、ダンジョンの中だろうが、とても旨い料理を作ってくれる。常に高価な香辛料を携帯し、岩塩だけでも三種類は持ち歩いていた。一言でいえば料理の天才であった。

一方、俺は料理が苦手だった。料理をしているとつい本を読んでしまって、料理を焦がすなど日常茶飯事だった。さらにイヴと出会う前は料理など食べられればいい派だったので、あまり美食家ではなかった。

土方歳三も似たようなものだった。いや、俺よりも酷《ひど》いか。彼は男子厨房《ちゅうぼう》に入るべからずが徹底されていた時代の男。料理の腕以前に料理をしたことがないはずであった。

そんなふたりであるからして、アザラシ料理はすべてひょっとこ齋殿に頼るしかなかった。

老人は俺たちを嘲笑するようなことなく、黙々と料理をする。

腑分けをしている老人の肩越しからアザラシを見る。

「アザラシの肉って真っ黒なんだな」

「そうだな。クジラの肉に似ているのか」

「かもしれない。食べたことはないが」

と言っていると腑分けは終ったようだ。肝臓と肺も食べるようである。

「肝臓と肺にはたっぷりとビタミンが含まれている」

老人は説明する。

さて、このように肉と内臓に分かれたわけであるが、どう調理するかといえば香草と一緒に煮込むだけだった。老人は懐から草を取り出すと、それを鍋の中に入れる。次に肉を入れる。内臓は最後のようだ。

「香草と塩で煮るだけのシンプルな料理だが、香草で臭みは消える。それにアザラシの肉から出汁が出るからそれで十分旨い」

たしかに生臭い臭いが充満するが、同時に旨そうな臭いもする。モツ独特の臭いだった。

三十分ほど煮込むと、煮えてきたのでそれぞれによそう。

それぞれにたっぷりの臓物と肉を入れる。野菜がないのが寂しいが、男の料理に野菜など不要と老人は言い切る。

「野菜など食わなくても健康に生きられる」

健康体そのものの老人が言うと説得力があった。

三人は同時に鍋に口を付けると、同時に感想を漏らす。

「旨い」

「旨んめー」

「うむ」

口調や表情こそ違うが、どいつもアザラシの味に満足しているようだ。

「アザラシとはこんなに旨いのだな。クジラと獣の肉の中間といったところだ」

「そうだな。多少臭みがあるが、それを差し引いても旨い」

「懐かしい味だわい」

それぞれにアザラシの味を褒めると、お代わりを所望する。

子供アザラシとはいえ、かなりの大きさだったので、お代わりはいくらでもあった。子供アザラシには可哀想なことをしたが、彼の御魂に報いるためにも残さず食べるべきだろう。

その後、老人は懐からとっておきのものがある、と日本酒を取り出すと、歳三が「ひゅうっ」と口笛を吹く。

「料理酒として使わず、直《じか》に飲むためにとっておくとはやるじゃないか、爺さん」

「おれは戦場で傷を負っても消毒に酒を使わない男だ。酒は飲むために存在するのだ」

老人はそう宣言すると、日本酒の瓶の直接口を付ける。

注いで回るなどという上品なことはしない。三人がそれぞれに口から直接呑む。

ラッパ飲みというやつだが、ここには上品な婦人はいないため、誰も批難しなかった。

その後、三人で談笑しながら鍋をつつく。

酒が入っていることもあってか、三人は昔ながらの友人のように楽しく話し始めた。

数十年来の友人のように気兼ねなく、酒を交わした。

ただ、謀略の魔王である俺だけは数時間でダウンした。酒がそんなに強くないからである。老人と歳三は俺が眠ったあとも朝までずっとふたりで酒を交わしていた。

†

最下層には墓場と水堀があった。

その上の階層は湖があった。

さらに上の階層にはなにがあるだろうか。

歳三が尋ねてくるので、俺が解説する。

「この造りだとこの上の階層が最後だろう。伯爵に落とされたとき、どれくらい落ちたか計算していた」

「あの状況下で冷静だな、旦那は」

「どんな状況下でも生き残らないといけないからな」

「違いない。今日を生きないものには明日は訪れないからな」

たしかにその通りだ、と主張すると、階層を上がる。

おそらく第一階層と思われる場所は、先ほどとは打って変わって森だった。

「やや、これは面妖な。地下に森があるぞ」

見上げるとたしかにそこは地下だった。空は見えない。

「この世界にはこのような場所が多い。ダンジョンなのに森があったり、山があったり、生態系があったり、不思議なダンジョンばかりだ」

「まったくだ。どのようなからくりになっているか、調べたいな」

「それには同感だ。いつか天下太平の世になったら、じっくり調べるか」

「そのときは助手を買って出よう」

「それはありがたいが、天下が定まっても土方歳三は忙しいだろう」

「たしかに昼のいくさがなくなっても夜のいくさがあるからな」

「ああ、そちのほうも百戦錬磨だからな。勝ち続ける限り、次の戦いがある」

「どっちの戦いも終止符が打たれることを望むよ」

歳三は戯《おど》けるが、そのようなやりとりをしていると、周囲に不穏な空気が漂っていることに気がつく。

いち早くそれに気がついた歳三は言う。

「――どうやら敵襲のようだぞ」

「みたいだな」

俺も確認する。見ればそこには中型の竜がいた。

「あれは中型竜《ドレイク》だな」

「そのようだ。しかし、尋常じゃないな」

歳三は苦虫を噛み潰したかのような顔をする。

「ああ、数匹ならともかく、一〇匹はいるんじゃないか。あ、増えた」

一一匹になった。

「いくら本物の竜ではないといえ、限度がある。それにこいつら、統率が取れているのが気になる」

それに対して老人は説明する。

「このドレイクたちは主人に操られている。この階層にはやつを操る二つ名ドレイクがいる。そいつを倒さなければいくらでもこいつらは襲いかかってくるだろう」

「なんで知っているんだよ」

「そりゃ、すでに調べてあるからな。というか、その二つ名ドレイクを倒させるためにお前たちを助けた」

「なんてこった、糞《くそ》じじい、そんな魂胆があったのか」

「当然だろう。美姫《びき》でもないお前らを理由もなく助けるわけがない」

なかなかの食わせものであるが、怒ったところでなにも始まらない。

ここは協力して二つ名ドレイクを探すべきだった。

いや、探すべきか。

俺はふたり間に割るように総括する。

「さて、どのみちこいつらを倒さなければ地上には出られないのだろう。ならば我らは共闘すべきだ」

「さすがは魔王、分かっているじゃないか」

「分かった」

歳三も素直になると、襲いかかってきたドレイクの一匹を斬る。

赤いドレイクは一刀で真っ二つになる。

「お見事。だが、この中には二つ名ドレイクはいないようだ。問題はどうやって探すだが」

俺はあごに手を当て考える。

その間、歳三と老人は襲いかかるドレイクを次々斬り捨てていく。

見事な連携で思わず見とれてしまうが、俺はドレイクの増援が現れた方向に注目する。

その先に親玉がいると思ったのだ。俺は空を飛んでいる鳥を見つけるとそいつの視界を借りる。

《鷹見《たかみ》》の魔法を発動させると、鳥に意識をやる。

鳥の視点を得た俺は、眼前の森を確認する。すると森の奥に一際大きなドレイクがいることに気がつく。

「なるほど、やつが二つ名のようだな」

名前はなんというのだろうか、気にしていると、老人が教えてくれる。

「そのドレイクの名は明けの明星。夜空に輝く金星のような色をしているだろう」

「たしかにそうだ」

老人の言葉によって自分が鳥でないことを思い出すと、憑依《ひょうい》を止め、魔王に戻る。

「さて、このまま明けの明星を狩りたいが」

しかし、歳三と老人はドレイクに手一杯のようだ。さすがに数で押されるとつらいらしい。

「貴殿らも精一杯のようだな。ならば俺ひとりで狩るか」

その言葉に歳三は反応する。

「大丈夫か、護衛もなしにとっこんで」

「一騎駆けは俺の主義に反するが、そうするしかないのならば仕方ない。なるべく早めに狩るから、それまで追っ手がこないようにしてくれ」

承知！　と歳三はドレイクに刀を突き立てる。

それを見た俺は、行きがけの駄賃代わりにドレイクの集団に《爆裂》魔法をぶち込む。爆発音が森にこだま898すると、それを合図に俺は森の中を走る。

当然、ドレイクどもは俺を追うが、それを歳三と老人が切り捨てる。

「旦那の背中を追いたければ俺を殺してからにしろ」

無論、ドレイクに言葉は通じないが、それでも気迫は通じる。こいつを無視したら背中を斬られる。そう思ったドレイクたちはきびすを返し、歳三を襲う。

このようにドレイク十数匹を引きつけることに成功した歳三。

さすがは魔王軍一の剣士。新撰組で一番強かった男だけはある。

改めて歳三の武勇に感心しながら俺は明けの明星のところまで走った。

†

明けの明星は全身真っ赤のドレイクだった。目まで真っ赤で普通のドレイクとは違うなにかを感じさせる。

そんな化け物と対峙すると、自分が矮小《わいしょう》な魔族であることを思い出してしまう。

こういうときは嘘でもいいから気持ちを奮起させるべきだった。

俺は呪文を一小節ほど詠唱すると、《魔矢》の魔法を放つ。エナジーボルトの魔法であるが、これは初級の魔法だった。

ただし、初級ではあるが、その代わり俺のは特別製だ。同時に一〇近いエネルギーの矢を作り出し、それでドレイクを串刺しにする。

――はずであったのだが、ドレイクは魔法の矢などものともせずに突撃してくる。

目を血走らせ、牙をむき、俺を喰らおうとする。

颯爽とやつの牙を避けると、ドレイクを倒す算段を付ける。

禁呪魔法を唱えればダメージを与えられそうであるが、ドレイクにはどの禁呪魔法が効果的だろうか、考えてしまう。

が、それも数秒。長考して歳三たちに迷惑を掛けたくなかった。

歳三たちならば何匹でもドレイクを殺すだろうが、万が一ということもある。それにちんたらやっていれば、あとで文句を言われて酒を奢《おご》らせられることは必定であった。

酒くらい奢るのはやぶさかではないが、どうせ奢るなら気持ちの良い祝杯を挙げたかった。

なので一気に片を付けることにする。

「そうだな、久しぶりに召喚魔法を使うか」

サブナクという魔王を倒して以来、久しく呼んでいなかった精霊王を召喚する。

「ドレイクは火竜の一種だから、氷の精霊を呼ぶか」

単純な発想だが、その分、効果はてきめんだろう。

そう思った俺は呪文を詠唱する。

「大気に宿りし無尽蔵の水、この世の狭間《はざま》に蠢く極低温の邪気。

汝《なんじ》らの祝福されざる婚姻を承認する。

出でよ！　氷の女王フェンリオーネ！」

呪文を詠唱し終えると、辺りの気温が下がり、半人半獣の女が出てくる。

とても美しい女だが、とても冷酷で気高そうだった。

どんな強者にも尻尾を振らない気高さを持った女王は、真っ青な唇で精霊言語を唱えると。舞うようにドレイクに近づいていく。

そのまま死の接吻を与えるため、ドレイクに抱擁を強いる。

氷の女王に抱かれた箇所は、あっという間に氷結する。二つ名ドレイクは雄叫《おたけ》びを上げるが、氷の女王は気にせず、とどめの一撃を与える。

明けの明星のまぶたにキスを強いると、ドレイクの眼球は即座に氷結し。砕ける。

ドレイクは脳まで凍り付かせると、反撃も咆哮もやめ、地面に倒れる。

ドレイクの王の死を看取《みと》った女王は、不敵な笑みを浮かべると粉雪舞う空の中に消えた。

こうして二つ名ドレイクを倒したわけであるが、俺はとあることに気が付く。

「おかしい。遠方からまだドレイクの援軍が。それに歳三たちはまだ交戦しているようだ」

二つ名ドレイクを倒せばドレイクたちの組織的反抗が終わると思っていたが、なにかおかしい。

そう思った瞬間、俺の脳裏に危険信号が駆け巡る。

「しまった！　二つ名ドレイクはこいつだけじゃなかったのか」

そう叫んだ瞬間、森のしげみから二匹目のドレイクが現れる。先ほど倒したやつと瓜二《うりふた》つのやつが。

「つまりこいつらは双子ということか」

そう悟ったが、それが分かった瞬間、俺は後ろを取られていた。

ドレイクの強烈なかぎ爪が俺を襲う。

一瞬、死を想起したが、このようなところで死んでいられない。

俺は諦めが悪かった。せめて致命傷は回避すべく、防御魔法に注力するが、その対応は一歩遅かった。

ドレイクのかぎ爪が俺に届いたわけではない。その一歩手前でドレイクが悶え苦しみだしたのだ。

見ればドレイクの右目には矢が刺さっていた。なにものかが放った矢が俺を救ってくれたのだ。

「何者!?」

と慌てふためく必要はなかった。

このような場所、このようなタイミングで、正確に矢を放てるような弓使いはそうそういない。

俺はその弓使いの名を叫ぶ。

「ロビン・フッド！」

彼の名を叫んだ瞬間、彼は森の奥から自分の存在を知らせる。

大木の枝の上から大声で叫ぶ。

「久しぶりだな、魔王よ。約束通り、お前の部下になるため戻ってきた」

不敵に笑うロビン・フッド。肩にはカーバンクルのスゥもいる。

「まるで計ったかのようなタイミングだな。小説のようだ」

「否定はしない」

「しかしあまりにもタイミングが良すぎる。昨今の読者はひねくれているから苦情がくるかもな」

「それも否定しないが、なんの標《しるべ》もなくやってきたわけではない。お前の忍者に報告を受けた」

「つまり風魔小太郎が知らせてくれたのか」

「ああ、我が主が地下迷宮でさまよっていると言われた。それでここにきてみればこの有様」

「面目ないが、ロビンがきてくれて本当に助かった」

「家臣の活躍は主の功績だ。気にするな」

「その口ぶりだと俺に仕える決心をしてくれたか」

「ああ、勿論《もちろん》だとも。ようやくこの弓を捧げる決心がついた。おれの弓は魔王アシュタロトのために存在する」

「その言葉なによりも有り難い」

素直に漏れ出た言葉を噛《か》み締《し》めると、俺は右手に魔力をまとわせた。それを暴れ狂う二匹目の二つ名ドレイクに目掛けて射る。

魔力の矢はまっすぐ竜の心臓に飛んでいく。ドレイクは咆哮を上げながら倒れるとその場に静寂が訪れる。

次いで遠方から聴こえていた戦闘音が収まる。

二つ名ドレイクをすべて倒したことにより、統率を失ったドレイクたちは散開を始める。

歳三たちに背を向け、逃げ始める。歳三たちは逃げる竜たちを深追いするようなことはなくこちらにやってくる。

彼らは俺の顔を見るなり、

「さすがは旦那だ。二つ名ドレイクを二匹も仕留めるとは」

と称賛する。

ドレイク討伐は俺だけの力ではなく、ロビンの援護なども大きいのだが、と説明すると歳三はロビンに視線をやる。

「む、この男はベルネーゼでともにダゴンを倒した弓使いじゃないか」

歳三はロビンを覚えていたようだ。

ロビンも忘れていなかったようで互いに握手をするが、歳三は際どいジョークを言う。

「魔王軍に入るようだが俺のほうが先達だからな。それに旦那とは互いに裸で語らい合った仲だ」

先程の温泉のことを言っているのだろうが、歳三が言うと冗談に聞こえない。それにロビンも悪乗りする。

「恋人がいるゆえ、魔王とはそういう関係になれないが、剣の歳三、弓のロビンと呼ばれるような武人になりたいものだ」

ロビンがそう言うとふたりは再び笑顔を漏らした。

†

中型竜の群れを倒した俺たち。

しかも心強い仲間、ロビン・フッドとの再会も果たす。

さらにいえば彼が我がアシュタロト軍に加わってくれるという。

これは望外中の望外で、とても僥倖《ぎょうこう》なことなのだが、祝杯を挙げている暇はなかった。

そのロビンがこう言ったからだ。

「おれが風魔の小太郎に呼ばれていることは言ったな。その小太郎経由の情報だと、お前の軍師がお前を救うため、イスマリア城に向かっている」

「イヴのことだな。まあ、当然か、脱出に失敗してしまったからな」

「メイド軍師はイスマリア伯爵を野戦で破り、この城を包囲するようだ」

「それは助かるな。さすがはイヴだ」

と褒めると、ロビンは、

「それでは行こうか」

と上層階を指差す。混乱に乗じて城から脱出するようだ。

なかなかに手際がいいが、少し待ってもらう。

「なにを迷っている?」

「迷っているのではない。先ほど歳三と一緒に戦っていた老人を探しているのだ」

見ればひょっとこ齋どのはいつの間にかいなくなっていた。そのことを歳三が説明してくれる。

「あの爺さんならば旦那が二つ名ドレイクを倒した瞬間、「さすが」と言い残して去っていったよ。この地下迷宮にきた目的はすべて果たしたらしい」

「別れも言わずにか」

「ああ、どうせまた会えると言っていた」

「たしかに会えるだろうが、次は味方かな……」

低音の言葉だったので歳三たちには届かなかったようだ。だが、ロビンの恋人カーバンクルのスゥに届いたようで、心配げに俺の肩に登る。

俺は彼女の喉を撫でながら、「心配しないでいい」と、ささやくとそのまま彼女を乗せ、上層階に向かった。

森エリアの次は出口のはずであるが、その予想は見事に当たる。ロビンに連れてこられた出口はイスマリア城の中庭だった。

しかも見張りもいない。

イヴが軍事行動を起こしてくれたおかげで警備が手薄になっているようだ。

「イヴ様々だな」

感想を漏らすと、そのまま城壁を駆け上がる。

歳三とロビンに飛翔《ひしょう》の魔法を掛けるとそのまま壁を乗り越え、城の外に出る。

ロビンの情報によると東南の方向からイヴは攻め寄せるようだ。ならばそちらに行けば合流できるだろうが、同時に伯爵の軍隊と出くわす可能性があった。

それを指摘されるが、俺は豪胆に返答する。

「出くわしたらそれはそれだ。イヴと交戦中ならばそのまま後背を突く。俺たちのほうが先に出くわしたら敵陣を乱し、イヴがやってくるのを待つ。なにを逡巡《しゅんじゅん》する必要がある」

その言葉にロビンは「ほう」と感嘆する。

「さすがは新進気鋭の魔王様だな。作戦が大胆だ」

「賭け事をするときは全額ベットが基本なんだ。特に俺のような持たざる魔王は」

「それに勝ち続けているのは大したもんだ」

「ああ。自分でもそう思うが、幸運はいつまでも続かない。しかし、今回に限ってはなんとかなると思う」

「根拠は？」

「それは世界一の弓使いが配下に加わってくれたからだ」

俺がそう言うとロビンは「なるほど」と笑った。


さて、結果から言えば伯爵の軍隊とは出くわした。

彼らの後背を突くことに成功する。つまりイヴと交戦中だったのだ。

俺の兵を率いて待機していたイヴは、俺が脱出に失敗したという情報を聞くと、兵を動かした。

俺を奪還する作戦を練ったようだ。

いや、作戦というよりももはや『扇動』だったようだ。

「御主人様を姦計《かんけい》に落とし込んだイスマリア伯爵に正義の鉄槌《てっつい》を。その首と胴を切り離せ！」

イヴは激情に駆られながらそう叫んだという。

冷静なイヴらしからぬ台詞であるが、俺をダンジョンに落としたことを相当怒っているようだった。

その怒りが部下たちに伝わり、なかば弔い合戦のようになっていたようである。

アシュタロト軍は少数であるにもかかわらず伯爵の兵を圧倒していた。

ただ、やはり直情的な動きで、すぐにイスマリア軍にその動きを読まれてしまうだろう。

ひとりの将としてそう観察していたが、それはなかば当たっていた。後方から観察すると、遊撃部隊がアシュタロト軍の後ろに回り込もうとしていた。

このままではアシュタロト軍は虚を突かれ、崩壊するかもしれない。

そう思った俺は歳三とロビンに命令を下す。

「あの遊撃部隊の指揮官の首を持ってこい」

歳三は闊達《かったつ》に、

「あいよ」

と受ける。

ロビンは仰々しく、

「御意」

と受ける。

両者、性格がよく出ていたが、気にせずに後方から督戦する。

まず歳三が遊撃部隊に切り込む。

切り込むといっても遊撃部隊は一〇〇兵近い。それにひとりで突っ込むはさぞ勇気のいることだろうが、肝っ玉が服を着ているような歳三にとってはなんの造作もないようだ。

横に矢が飛び交おうが、足下に魔法が炸裂《さくれつ》しようが、平然と人間の兵を斬り捨て、前に進む。

一方、知恵ものの風格のあるロビンは突出せず、後方から兵を射貫《いぬ》く。歳三の死角を突こうとする雑兵の目玉、額、喉笛に、的確に弓を当て、倒していく。

歳三は「余計なことを」と言うが、内心、かなり助かっているようだ。

やはり俺の見立て通りこのふたりは最高のコンビだった。剣の土方歳三、弓のロビン・フッドとなってくれるだろう。

あとは馬と槍《やり》と斧の異名を持つ配下を揃えたいところであるが、今は贅沢を言っているときではない。

俺は歳三たちが遊撃部隊を壊滅することを確信すると、そのまま《飛翔》し、イヴのところへ向かう。

兵たちの頭を越えて飛ぶのは危険であったが、俺は弓矢を魔法で防御すると、イヴの横に降り立つ。

驚いている彼女に向かって言う。

「ただいま。――――とても心配を掛けたようだね」

その言葉を聞いたイヴは、涙目になると、

「お会いしとうございました」

と頭を下げる。

「大げさだな。まだ数日しか離れていないだろう」

「そうですが、その数日でもイヴの心には巨大な空虚が生まれてしまったのです」

「ならばその心の隙間を埋めてあげたいが、街に戻ったらなにか贈り物でもしようか」

「贈り物よりも、御主人様に紅茶を注ぎたいです」

「……今、ここでか？」

「はい」

戦場で指揮官が紅茶をいれるなど聞いたことがなかったが、イヴらしいといえばイヴらしかった。歳三たちの乱入で戦局に変化はないだろうと踏んだ俺は、彼女の願いを叶える。彼女に五分ほど時間を与える。

イヴの護衛であるサキュバスたちが、テーブルと椅子を持ってくると、それにテーブルクロスを掛ける。イヴはお湯を沸かしながら繊細に温度を確認していた。

彼女たちの心遣いによって注がれた紅茶はとても美味しかった。

俺は紅茶の香気を堪能《たんのう》しながら戦場を眺める。

「かつてこのように優雅に戦場を見つめた将などいないだろうな」

そのような感想を述べると、イヴは言った。

「恐れながら御主人様のような名将はあとにも先にも存在しないでしょう」

それは買いかぶりであるが、否定はしない。否定するよりも頭を動かし、自軍の損害を最小限に抑えつつ、最大限の戦果を得たかった。

イヴに指示する。

「ちょうど、今頃、歳三が遊撃部隊の指揮官の首をはねるか、ロビンが目玉に矢を突き刺しているはずだ。余勢を駆ってイスマリア軍の側面を突くだろう。さすれば敵の戦線は崩れるはず」

「そこを一挙に突くのですね」

「ああ、左翼の兵がやや余っているな。そこから兵を先、中央に移せ。あとは力押しをすれば敵軍は崩壊するはず」

「さすがは御主人様です」

「さすごしゅは、勝ってからにしてもらおうか」

戯《たわ》けながらそう言うと、作戦が伝達するのを待った。

一〇分後、俺の作戦が伝達されると、敵軍は浮き足だった。

俺の予言のような言葉は真実となり、敵軍は瓦解していく。これ以上士気を保てなくなったと判断したイスマリア軍は、撤退を始めた。

イスマリア城に籠もるようだ。

このように野戦はアシュタロト軍の圧倒的勝利で終わった。

†

野戦で勝利を収めた俺たちは、イスマリア城を包囲する。

こちらが少数であるが、敵軍の士気は低く、城から打って出ない限り、包囲は成立するだろう。

そのような識見を述べると、戦場から戻ってきた歳三が質問をしてきた。

「旦那よ、俺たちアシュタロト軍の目的はどこにある？　このまま城を包囲し、兵糧攻めにするか。それとも力攻めし、このまま落とすか。どちらだ？」

「城下町に火を放ち、略奪する、という選択肢もあるぞ」

「それはないな、旦那はそんな玉じゃない」

「まあ、たしかに。乱取りは俺の趣味じゃない」

冗談めかして返すと、俺は戦略を述べる。

「このまま城を包囲すればたしかに兵糧攻めできるだろう。しかし、それでも三ヶ月は粘られるものさ。その間、他の魔王が俺の領地を狙ってくればおじゃんだ。それに人間の国が救出にくるかもしれない」

「たしかに状況は予断を許しません」

イヴは首肯する。

「ならば強攻するか？　こちらもあちらも被害甚大だが」

「イスマリア城が戦略的な要地ならばそれもいいだろうが、そこまでの価値はない。アシュタロト軍は手薄だから無理に取っても維持できない」

「ならばどうするのだ？」

「イスマリア城はイスマリア伯爵に預けるのさ。利子が付かないのが残念だが」

「つまり？」

「これから交渉にいってこちらが有利な条件を相手に呑ませる。そうだな、不戦条約と国境の開放、それに素材や金貨の提出かな」

「平和的に話し合うということか」

「そうだな。城下の盟というやつだ」

俺がそう言うと、イヴが反論してくる。

「城下の盟を強いるのはいいことだと思いますが、御主人様が交渉に行くのは反対です」

「待て、どうして俺が行くと思うんだ」

「だって行くのでしょう？」

「そうだけどさ」

「わたくしは反対です。イスマリア伯爵は追い詰められています。正常な判断が出来ずに御主人様を斬るかも」

「かもしれないな。しかし、使者が斬られる可能性は高い」

「ご自身が斬られてもいいのですか」

「イヴよ、こんな新米魔王である俺のために命を懸けてくれるのは、俺が常に前線で戦うからなんだ。危険な任務を買って出るからなんだ。この期に及んでその大原則は崩したくない」

「分かりました。では、このイヴもお供に」

「それはできない。ただ、危険だということは分かっているので、歳三にジャンヌ、それにロビンも連れて行く。皆、一騎当千の猛者ばかりだ」

「しかし……」

と、それでも難を示すイヴにジャンヌは言う。

「メイドは我が儘《わがまま》なの。私なんて魔王に放置プレイを食らったの。イスマリア城に連れて行ってもらえず、結局、合流できたのはさっきだし」

ジャンヌはお怒り満載で頬を膨らませる。

「すまない、すまない」

ジャンヌのことはすっかり忘れていた、と口にするのはアホのすることだろう。機嫌を取る。

「ジャンヌが外で暴れてくれたから、警備が薄くなったのだ。助かった」

「そうなの。小太郎から魔王が捕まったと聞いて、頭にきたから城下町でゲリラ戦を展開していたの」

イヴは自慢げに言う。

「でも、一般市民には迷惑を掛けなかったから、兵士の詰め所で暴れ回っただけなの」

「豪胆な聖女様だな。まあ、このように我が軍でも化け物じみた連中を連れて行く、安堵してくれ」

イヴはそれで納得したわけではないだろうが、軍議でこれ以上しゃしゃり出たくなくなったのだろう。最終的には了承してくれる。

俺はイヴの勧めで礼服に着替えると、そのままイスマリア城に向かおうとしたが、それは出来なかった。

思わぬ人物によってとめられたのだ。

その人物は風のように現れると、風のような速度で事実だけを告げた。

「イスマリア城がたった今陥落した。地下から現れた謎の集団によって落とされたのだ」

見上げればたしかにイスマリア城からは煙が上がっていた。

門を開け、逃げ出す兵士もいる。

「どういうことでしょうか、御主人様？」

イヴは珍しく戸惑っているが、俺と歳三だけはおおよそ意味を察していた。

先ほど出会った老人が関係しているに違いない。

俺たちを地下で助けてくれた老人がこの城に攻め入ったのだろう。おそらく、地下から——

ただ、それにしても手際が良すぎる。あの老人は最高の武人であったが、指揮官としては未知数だ。このように大胆に城を落とすのには別の存在を感じる。

それに城を落とすにはそれなりの兵力もいるはずだった。

兵は空間から湧き出るものではない。なにかカラクリと兵を持つ存在が裏にいるはずである。

しかし、ここで考えていても埒《らち》があかない。

俺は急遽《きゅうきょ》、戦略を変更する。

「イスマリア伯爵との話し合いは中止だ。その代わり彼を助けに行く」

「助けて恩を売るのですか」

イヴが確認する。

「恩に着てくれるような玉でもあるまい」

とは歳三の言葉だが、だからといって伯爵を見捨てる気にはならなかった。

「伯爵のとその娘には酷い目に遭わされたが、だからといって見捨てるのは忍びない。それに伯爵を確保すれば政治的に有利だろう」

「イスマリア陥落後、この城を奪回する大義名分が得られますね」

「その通りだ。さて、ここからは総力戦だ。英雄級の指揮官には全員参加してもらうぞ」

そう言うと歳三、ジャンヌ、ロビン、小太郎はうなずいた。

イヴがなにげにメイド服の袖をまくし上げているのが気になったので、改めて留守役を命じると、がっかりした顔をした。

ただ、それ以上、我が儘を言うことなく、歳三の和泉守兼定と俺の無銘ロングソードを持ってきた。

俺たちはそれを受け取る。

歳三は頬ずりするように和泉守兼定を腰に差す。やはり愛刀が腰になくて寂しかったようだ。

「ようし、これで千人力だ。お前たちはひとり頭一〇〇人でいいぞ」

他の英雄は苦笑を浮かべるが、今の歳三は本当にひとりで一〇〇〇人斬ってしまいそうな凄《すご》みを感じていた。

俺はその余録に預かるべく、歳三の肩にぽんと手を触れると、そのままイスマリア城に向かった。

†

イスマリア城から逃げ出す兵士たちを掻《か》き分《わ》けながら城の中に入っていく。

兵士たちにすでに戦意はなかった。

皆、恐慌状態で命惜しさに逃げ出している。

「いったい、どんな化け物に襲われたらこんな顔になるんだ？」

ロビン・フッドは真剣な表情で問うてきた。

「地下から湧いたのだから、人間や魔族の兵ではないと思う」

「ならばモグラの化け物かな」

ロビンはうぞぶくが、当たらずとも遠からずであった。

城の奥に入ると、兵士を捕食している化け物の姿を確認する。

「なんだあれは……？」

不快感を隠さないロビン。いや、それは俺も同じか。人間が食われる様を見れば誰だってそうなるものである。

見れば巨大な蟻《あり》が人間に覆《おお》い被《かぶ》さり、巨大なあごで四肢を切断していた。奥には手足を運ぶ働《はたら》き蟻《あり》のような蟻が見えた。

「どうやら地下から湧いたのは蟻のようだな。二足歩行し、武器を持つ蟻のようだ。旦那、知っているか？」

歳三が尋ねてくる。

「知っている。書物で読んだことがある。この大陸には巨大な蟻の種族がおり、名を軍団蟻《ハイブ・ワーカー》と言う」

しかし、と続ける。

「このように武装した蟻がいるとは聞いたことがない。なにか裏があるのだろうか？」

頭をひねっていると、横から金髪の少女が飛び出す。

真剣な表情、いや、怒りに満ちた表情をしていた。敵兵とはいえ、人間を捕食する化け物に嫌悪感を覚えているのだろう。ジャンヌは無言でハイブ・ワーカーを切り捨てる。

「悪魔め。地獄に落ちて苦しむの」

聖女様の目は怒りに満ちていた。ジャンヌは何匹ものハイブ・ワーカーを斬り捨てる。

それに触発される歳三、彼も和泉守兼定でハイブ・ワーカーに斬り掛かる。

脚に腕にとワーカーを斬り捨て、血路を開く。

ロビンは彼らの後ろから弓で援護をする。ハイブ・ワーカーの眉間に的確に矢を命中させる。

次々と折れるハイブ・ワーカー。あまりの速度に彼らが弱卒に感じられるが、そうではない。英雄たちが強すぎるだけである。

それを証拠に、城の中心に近づけば近づくほど、兵士の死体の山が増えていく。

「こいつらは伯爵を守るために命がけで戦ったようだな」

「俺たちには善い男ではなくても、部下に対しては気前が良かったんだろう」

「まだ生きていてほしいが、さてどうなるか」

歳三が総括すると、奥の間から音が聞こえる。

なにものかが戦っているようだ。すぐにその場に向かうと、伯爵と老騎士が剣を持って戦っていた。伯爵の娘を守るような形で剣を振るっていた。

「まだ生きていたようだぞ」

歳三は喜ぶが、いつまでも笑ってはいられなかった。この部屋にいたハイブ・ワーカーは先ほどのやつらと違った。

廊下にあふれていたハイブ・ワーカーはまさしく働き蟻のようであったが、ここにいる蟻は羽があった。より大きく、強そうであった。

事実、この部屋には兵士の死体が山のように転がっていた。

主を守るために戦っていたのだろう。志なかばで散った彼らに報いるため、伯爵に声を掛ける。

「イスマリア伯爵、お助けに参りました」

伯爵はこちらをちらりと見るとこう言った。

「……貴殿は魔王か」

「ええ、あなたが殺したかった男です」

「残念ながら殺せなかったようだが。して、お前を殺そうとした俺をなぜ助ける」

「それは魔王として一方的な虐殺を見過ごせないからです。それにあなたは根っからの悪人でもなさそうだ」

「それはどうかな。客を迷宮に落とす男ぞ」

「ですが、ここで死んでいる兵士はあなたを守るために死にました。クズならばそのような真似はしますまい」

「…………」

俺の回答に沈黙すると、伯爵は羽根つきハイブ・ワーカーを斬り伏せ、その隙に娘をこちらに渡す。

「魔王アシュタロト殿、申し訳ないが娘を頼む。娘を連れてこの城から逃げてくれ」

ジェシカが俺の胸に飛び込んでくる。

「もとよりそのつもりでした。伯爵家一家を救うためにやってきたのですから」

「ならば娘だけ助けてくれればいい。俺はもう駄目だ」

「なにをおっしゃいます」

と言うと伯爵はマントを開く。そこには血だらけの腹があった。どうやら先ほど、ハイブ・ワーカーに槍を突き刺されたらしい。

「俺の首をくれてやるのは気にくわないが、これもいくさのならいだ。ただ、娘だけはなんとか頼む。知っての通り、とんでもない我が儘娘だが、たったひとりの娘なんだ」

伯爵は武人と父親の顔、両方を浮かべる。

「お父様！」

声を上げるジェシカ。

同時に後ろからハイブ・ワーカーの増援がくる。

「旦那！　このままでは退路が塞がれる」

歳三の声で現実主義者であることを思い出した俺は決断を下す。ジェシカに眠りの魔法を掛けると、歳三に彼女を担がせる。

部下たちをそのまま反転させ、きた道を戻るように指示する。

この状況だ。部下たちは素直に指示に従ってくれた。

最後に残った俺はイスマリア伯爵に声を掛ける。

「思えばあなたとは面白い出会いをした。俺があなたを利用し、素材を得たことによって魔王軍の基礎が固まり、今の俺がここにいる」

「あのときは本当に腹立たしかったが、今にして思えば神々の導きかもしれんて」

「そうかもしれません。達者で、またいつか、そんな言葉は使えませんが、せめてあの世で再会したとき、もう一度酒でも飲みたいものです」

「それは無理だな。俺は天国、貴殿は地獄だ」

にやりと笑う伯爵。

「……では、天国から蜘蛛《くも》の糸でもたらしてください」

俺はそう言うと、そのままきびすを返した。

振り向かないように自分の身体を押さえつけるのは、思った以上に大変だった。

†

魔王アシュタロトが視界から消えると、後ろに控えていた老騎士が口を開いた。

「伯爵様も魔王殿と逃げて下さればいいものを……」

老騎士はそう言うとブロード・ソードでハイブ・ワーカーを斬り捨てる。

伯爵は説明する。

「この傷だ。もはや助かるまい。ならばこの城の主らしく、主の間で果てるのが先祖に対する義理だろう」

……それに、と続ける。

「俺のような人間のために屍になってくれた部下にも報いたい。お前たちの主は蟻などには屈しなかった勇者であると天上で自慢してもらいたい」

「…………」

老騎士は沈黙する。感動しているようだ。

ならば、と、さらにハイブ・ワーカーに襲いかかり、次々と蟻を斬り殺していく。

その間、怪我をし、大量に血を失ったイスマリア伯爵は、もたれかかるように玉座に座った。

懐から小さな肖像画を出す。血塗られているが、美しい娘が描かれていた。ジェシカに似ているが、ジェシカではない。その母親だ。

イスマリア伯爵はその人物の名前を口にする。

「ベアトリーチェ……」

彼女の名は亡くなった自分の妻、ジェシカの母の名だった。

彼女はジェシカを産んだときに亡くなった。とても身体の弱い女だったのだ。

元々、出産に向いてはおらず。子供は産ませない予定であったが、気が付いたときには妻は妊娠しており、子供を産むことになった。

結果、妻は死ぬことになったが、後悔はない。ただ、妻の忘れ形見とジェシカを甘やかしすぎたのが後悔といえば後悔だろうか。

「――まあ、過ぎたことだが」

自嘲気味に漏らすと、妻と出会ったときのことを思い出す。

妻は隣国の貴族の娘だった。家柄的には同格であったが、問題は先代の当主同士が仲が悪いということだった。伯爵はあるパーティーで彼女に恋に落ちたが、犬猿の仲の両家でどうやって恋を成就させるか悩んだものだった。

伯爵には魔王アシュタロトのような謀略の力はないが、そのときばかりは謀で頭をいっぱいにしたものだ。

普通の方法では駄目だろうと、周囲の結婚適齢期の貴族の悪い噂を流言飛語として流させたり、占い師に金を渡し、遠回しに伯爵を薦めさせたり、色々だ。

あらゆる手段を尽くして手に入れた妻だが、それだけの価値はあった。彼女と結婚してからの日々は、まさしく黄金時代であった。

伯爵の人生の仲で一番光り輝いていたのだ。

——ただ、他人から見ればその黄金の輝きも虚飾、ということになるのだろうが。

ある日、妻は伯爵の前で土下座をする。

「実はわたくしのお腹《なか》の中には赤子がいます」

なんだ、なぜ、そのようなことで謝る。吉報ではないか、最初そう思ったが、妻は身体を震わせながら言う。

「あなたの子供ではありません」

その言葉にはショックだったが、すぐに誰の子か察しが付いた。

妻は実は他の貴族と婚約が内定していた。伯爵はその貴族から強引に貰《もら》い受《う》ける形で妻を譲り受けたのだ。その貴族は結婚前に妻に手を出したのだろう。

悲しみに満ちた瞳で告白する妻。伯爵は不思議なほど心が穏やかだった。

「——勇気のある告白だ。命を無駄にするようなことはするなよ。お前も、腹の中の子も」

「——この子は不義の子です。お腹の子はともかく、わたくしを手打ちにしてくださいませ」

「自分の妻を手打ちにする領主がどこにいようか。俺はお前を愛している。もしも、その子が生まれたら大切に育てよう。男の子ならば家督も継がせるし、女の子ならば世界一の男に嫁がせる」

「……伯爵様」

妻はその後、伯爵の胸で泣き続けた。以後、伯爵はそのことに一切触れたことがない。妻が生きていたときも、死んだあともである。

知っているのは目の前で剣を振るっている老騎士くらいであろうか。

彼はその秘事を誰にも漏らさず、今日まで伯爵家に仕えてくれた。そして最後の最後まで伯爵を守ってくれた。

忠臣の中の忠臣であった。もしも来世というものがあればまた彼のような騎士を得たいものである。

さて、そのように過去と邂逅《かいこう》していると、伯爵のそのときが訪れる。どうやら血を失いすぎたようだ。視界が揺らぐ。

「妻との約束を果たしたかったが……」

約束とはジェシカに最高の男を見つけるというものであった。最初、魔王アシトならば妻も喜ぶのでは、と思ったが、それは大きな間違いだったようだ。

喜ぶのでは？　ではなく、もはやアシトしかジェシカの夫はいないと思っていた。

冷静で的確な判断力、常にはかりごとを巡らす明晰《めいせき》な頭脳、魔術師としても、戦士としても、軍政家としても一流を極める男。

そしてなにより誰よりも優しい魔王。慈悲深い王であった。

騙し討ちを仕掛けた伯爵を許し、危険を顧みず救い出してくれた。そして今、彼は蟻と懸命に戦い、娘を安全な場所に運んでくれている。

彼のような偉大な男の妻になれば、ジェシカの幸せは約束されたようなものだろう。

そう思ったが、ジェシカとアシュタロトが結婚する様を見れないのが残念であった。

伯爵は大きな吐息を漏らすと、その吐息に魂を乗せ、体外に排出した。

こうしてイスマリア家の当主は死んだ。

享年四七歳である。太く短い人生であったが、本人も周囲の人間も、彼が幸せに生きたことを否定することはなかった。

最後に生き残った彼の配下である老騎士は、主の死を確認すると、一筋の涙を流し、こう言った。

「……伯爵様。いえ、若、よくぞこの戦乱の世を生きられました。さぞ、お辛《つら》かったことでしょう。ですが、もう楽にしてください。天上から我らのことをご照覧あれ」

老騎士はそう言うと、伯爵の懐から遺言状を取り出し、自分の懐に入れる。

そして剣を振り上げ、伯爵の首を撥《は》ねる。

ハイブ・ワーカーに主の首を取られたくなかったからだ。蟻ごときに主の首を取られるわけにはいかなかった。

老騎士は主の首をマントで丁重に包むと、背中にくくりつける。そのまま主の間を駆け出す。

脱出し、主の遺言を果たすのである。

その遺言とはジェシカの幸せを見届けることであった。

主が死んだ今、老木である自分が死ぬことは許されなくなった。あと、数十年は生きてジェシカが幸せに暮らしているところを見届けなければならない。

それが伯爵に仕えた騎士としての務めであった。

もはや伯爵の城は異形の蟻のものとなってしまったが、伯爵に仕えた最後の騎士を屈服させることは出来なかった。

「わしがある限り、姫様が生きておられる限り、そこがイスマリア城だ。いいか、化け物どもよ、おのれの首を洗って待っていろよ。いつかこの城を取り戻してみせるからな」

老騎士は決意を燃やすと、一〇匹ほどの蟻の群れに突っ込んだ。

——血煙が舞った。

第十七章　蟻の軍団

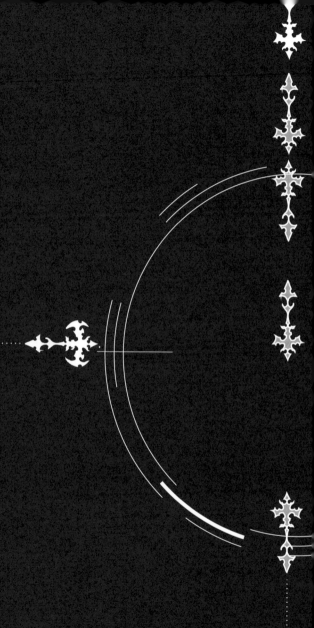

蟻の軍団の占拠された伯爵の城を脱出した俺たち。

即座に自分の陣に戻ると、撤退を命令する。

「一気呵成に襲いかからないのですか？」

イヴが尋ねてくる。

「相手の戦力も目的も分からない今、無闇に攻撃するのは下策」

「御主人が常日頃からおっしゃっている孫子ですね」

「そう、敵を知り、己を知れば百選危うからず。いったん、兵を引き、蟻たちの目的、指揮系統などを知りたい」

「それには風魔小太郎様でしょう」

そう言うと風魔小太郎が現れる。

俺は彼に調査を命令すると、小太郎は無言で消え去る。

「あとはこのお姫様ですが」

いまだに眠っているジェシカを見るイヴ。

「ご令嬢はしばらく城下で面倒を見る。使用人も付けよう。彼女は伯爵領の継承者だからな」

「継承者ということは伯爵は亡くなったのでしょうか」

†

「おそらくは。あの傷ではな」

軽く黙祷《もくとう》を捧げる。が、それもわずかだった。生きている俺にはやることがたくさんあった。

「まずはジェシカお嬢様専用の護衛を組み、城下にお連れしろ。その間、俺たちは粛々と後退する。敵の追撃を受けないように」

「御意」

さっそ手配を始めるイヴ。

他の幹部たちも自分の部下に撤収を伝える。

このようにアシュタロト軍はイスマリア伯爵領から撤退することになった。


一週間後、無事、全軍をアシュタロト城に帰還させると、イスマリア城に現れた蟻たちの正体が判明した。

風魔小太郎が粛々と説明してくれる。

「やつらの種族は軍団蟻。ハイブ・ワーカー。古来よりこの大陸の地下に住む種族だ。人間とも魔族とも交わらず独自の進化を遂げた」

「独自というと？」

「蟻そのものの世界だな。女王蟻を中心に組織を作り上げている」

「ではその女王蟻を倒せばやつらを駆逐できるのか」

「女王蟻を倒さねば駆逐できない、と言ってもいい」

「なるほどな。それは厄介だ。女王蟻はどこにいる？」

「それは分からない。軍団蟻は常にハイブと呼ばれる巣を移動しているのだ」

「常に移動？　地中に住んでいるのだろう？」

「そう、地中の中を常に移動している。おそらくではあるが、イスマリア城の地下にハイブを作り、侵略する機会をうかがっていたのだろう」

「――となると」

俺は軍議の間の床を見つめる。

その奥。遙《はる》か地下を想像する。

「今、この瞬間、やつらはアシュタロト城の地下にもハイブを張り巡らせている可能性もある、ということか」

「そうだな」

「早急に調査出来るか？」

「可能だ。というかやっている」

コボルト忍者のハンゾウを地質調査にうかがわせているらしい。

「さすがは小太郎だ」

と締めくくると、調査結果が上がってくるまでの間、施政者としての義務を果たすことにした。

「蟻の女王の位置が判明するまで、内政に力を入れる。武官は各自、兵の鍛錬を怠らせぬように」

歳三、ジャンヌはうなずく。

ロビンだけ手持ち無沙汰にしていることに気が付いた俺は、彼の名を呼ぶ。

「ロビン・フッドには弓部隊を率いてもらう。後日、各隊から弓の腕に覚えがあるものを引き抜き、部隊を組織してくれ」

「承知」

と不敵に微笑むロビン。

その笑みを見て安心する。ロビン・フッドは異世界の西洋最強の弓使い。きっと素晴らしい弓部隊を組織してくれるだろう。

武官全員に訓示を飛ばすと、次いで内政に取りかかる。

「弓部隊は案外コストが掛かる。弓を作るのは高いし、矢もただじゃない」

「町を発展させ、財政を豊かにするのですね」

「ああ、海上都市ベルネーゼとの貿易で豊かになったが、まだまだ発展の余地はある。さて、この前、別の大陸から取り寄せた新種のジャガイモなんだが」

「ああ、あの美味しいお芋ですね」

「農家に種芋を配ったはずだが、評判はどうだ？」

「農家の皆様は育て、口にされているようですが、市場には出回っていません」

「どうしてだ？」

「厭な噂がはびこっていまして」

「厭な噂？」

「はい。ジャガイモには毒があるという噂が」

「なんだそりゃ、いい加減な。たしかに芽の部分にはあるが、それ以外は栄養満点、最高に旨い食材なのに」

「たしかに。城ではよく出しますが、皆さん、残さず平らげます」

「イヴのハッシュド・ポテトは絶品だ」

しかし、新しいジャガイモを見たことがない市民には未知数の食べ物らしい。困ったぞ、と頭をひねる。

「新種のジャガイモは花が毒々しいからな。それに芽を食べたものが誤解し、そのような噂がたったんだろうな」

「左様に存じます」

「それでは久しぶりに謀略を使うか」

「謀で解決するのですか」

「ああ、謀略の魔王だからな。さて、イヴよ、郊外にある大規模農家、ジャガイモを栽培している農家にジャガイモ畑に柵を作るように命令するのだ。いや、ゴブリンとオークの人足を出し、柵を作る協力をしろ」

「それは簡単ですが、なぜそのような？　柵などしなくてもジャガイモが盗まれる心配はありません」

「だろうな。しかし、市民の間にこんな噂を流せばどうなる？　大規模農場にある新しいジャガイモはとても旨いらしい。毒があるという噂は貴族たちがジャガイモを独占するために流しているのだ。それを証拠にジャガイモ畑には柵があるじゃないか、と――」

「なるほど！　引いても駄目ならば押す作戦ですね」

「ああ、口で説明しても無理ならば、人間の欲に語りかけるまでさ。柵にはわざと手薄なところを用意しておけよ」

「ジャガイモを盗んだ不届きものが勝手に『これは旨い』と宣伝をしてくれるわけですね」

「正解。草の根から噂をまき散らせる」

俺がにこりと言うと、イヴは深々と頭を下げた。

「さすがは謀神でございます。その知謀は魔王の中でも一番でしょう」

「だといいのだがね。さて、それではさっそく実行してもらえるかな」

再び頭を垂れると、イヴは俺の作戦を実行する。

一週間後には結果がもたらされる。

イヴは喜びを隠しきれない表情で俺の執務室のドアを叩いた。

「御主人様、さっそく、市場にジャガイモが置かれていました。黒山の人だかりです」

「さっそく噂が広まったようだな」

「はい。なんでも極楽浄土の食べ物で、食べれば天国に行けると噂しあっています」

「魔王的には天国など行きたくないのだが、人間たちはそうではないのだろうな」

「はい」

「それではダメ押しをするか」

「ダメ押しですか？」

「ああ、実はドワーフのゴッドリーブ殿に頼んで移動式の屋台を作ってもらった」

「まあ、手際のいい」

「ああ、そこでふかした芋とポテトフライを提供する。新種のジャガイモにバターを掛けて食べると最高なんだ」

「それは素晴らしいですね」

「うむ。バターだけでなく、塩辛やチリ・パウダー、ハニーマスタード・ソースなんかも用意する」

「付け合わせにオニオン・フライなどもいかがでしょうか」

「最高だな。さすがはアシュタロト城のメイド長」

賞賛するとイヴははにかむ。

「さて、視察に行きたいところだが、問題がひとつだけある」

「問題ですか？　もしかして書類のことでしょうか？」

見れば俺の机にはうずたかく未決済の書類が溜《た》まっている。イスマリア城に行っている間に滞った決裁書だ。

「それもあるが、書類は一晩あれば終わる」

「さすがは御主人様です。では、なにが問題なのですか？」

改めて尋ねるイヴに、俺は返答をする。

「それはこの手のイベントに聖女様を連れて行かなければ、一生、愚痴愚痴言われるということだ。申し訳ないが、ベッドで涎をたらしている聖女様を起こして連れてきてくれないか？」

その答えにイヴは苦笑する。

「でも、たしかにそうかもしれませんね。分かりました。ジャンヌ様を起こして参りましょう」

イヴがそう言うと、三〇分後、ジャンヌが現れる。さすがに目やにこそ付いていなかったが、髪型はいつもと違った。結ばずにだらんとしている。髪を結ぶよりも食欲のほうが勝っているのだろう。

ジャンヌらしいので指摘もせずに言う。

「さあて、それではメイド長様と聖女様を引き連れて市場に行くか。そこでポテトフライを食べよう。朝食だ」

ジャンヌは「やたー！」と跳ね回るが、すぐに顔色を変える。

「は！　しまったの。実は朝食を食べてきてしまったの」

だから三〇分も掛かったのか。軽く呆れるが、こう諭す。

「ならばこれが昼飯だな。昼飯を食べなくて済むくらい食べていいぞ」

その言葉にジャンヌはなにを言っているの？　的な顔をする。

「お昼ご飯はまた別なの。ジャガイモはおやつなの」

ジャンヌは平然と言うと、俺の手を引く。

俺とイヴはジャンヌの底なしの食欲に呆れながら、一緒に市場に向かった。

そこで三人、仲良く揚げ芋を食べる。俺はバターと塩、イヴはマヨネーズ、ジャンヌはチリ・パウダーをふんだんに掛けた。

気の合う女性と食べるジャガイモはとても旨かったが、あまりロマンチックではないと思った。

そのうち彼女たちを大きな街の高級レストランにでも連れて行ってやりたいと思った。

そのことを口にすると、ジャンヌは反論する。

「魔王と一緒に食べる食事が、この世界で一番贅沢な食べ物なの。魔王と一緒にいれば寒空の下だってそこが最高のレストランなの。三つ星なの」

なんのてらいもなく言う様にこちらのほうが気恥ずかしくなってしまったので、俺はふたつ目の芋フライを注文すると、それをジャンヌに手渡した。

彼女は聖なる微笑みをたずさえながら、芋フライにハニーマスタード・ソースをたっぷり掛けた。

†

アシュタロトの街に新種のジャガイモが広まる。

ほくほくで美味しくて栽培もしやすく、病気に強い品種だ。瞬く間に栽培農家が増え、アシュタロト城の城下町を豊かにしてくれるだろうが、まだまだ内政の手を緩めはしない。

俺は以前から考えていた改革に着手する。

その改革とは、

「郵政改革」

であった。

アシュタロトの街の郵便事情を解決したいのだ。

この世界には基本的に郵便はない。

正確にはあることにはあるのだが、組織立ってはいなかった。

冒険者ギルドや商人ギルドが各自、独自に行いそれぞれ料金を徴収していた。

法律にも規定がないので、お金を払っても届かないといったことが日常茶飯事だった。

領主クラスならば使いのものを出せば済むのでいいが、街の住人にも良質なサービスを届けたかった。

俺は郵便担当大臣としてロビン・フッドを呼び出す。

歳三は新入りに任せるとは、と呆れたが、他に人材はいない。歳三は意外とちゃらんぽらんなので細かい作業には向かない。聖女様に至っては説明するまでもないだろう。

忙しいイヴにこれ以上仕事を振るのもなんであるし、ゴッドリーブにも他の仕事をさせたかった。

「つまり、消去法か」

とはロビンの言葉であるが、言い方は悪いがその通りである。しかし、彼は厭な顔ひとつしない。

「この大陸をさすらって分かったが、郵便とはあれば便利なものだ。別の街に住んでいる恋人や家族に便りを出せる」

恋人と離ればなれになっていたロビンには感じ入るところがあるのだろう。郵政業務を引き受けてくれた。

といっても肝心なところは俺がやるのだが。

まずは街の中心に中央郵便局を作る。

経費削減のため、豪商の館を買い取り、そこを改装する。

中央郵便局を作ったら、街を二六のブロックに区切り、そこにこの世界のアルファベットを割り当てる。A〜Z地区まで均等に。

例えば歳三お気に入りの娼館《しょうかん》はH地区にあるのでH9−21などと規則性にのっとって番号を振る。9は通りの順番、21は番地である。

布告を出して各建物に番地を振らせると、郵便局に登録し、配達夫の目印とする。ここまで分かりやすくすれば、文字の読めない無学な人間や魔族でも誰でも配達夫になれた。

俺は怪我をし、軍隊で働けなくなった傷痍軍人《しょういぐんじん》を中心に雇い入れると、彼らのセカンド・キャリアとすることにした。

この采配は退役軍人たちに大変好評で、アシュタロト軍に所属すれば、生涯、くいっぱぐれない、と軍にも相乗効果をもたらした。

近隣から有能な兵が集まり、正規軍に加入してくれる。ロビンはちゃっかり弓の上手いものに目を付け勧誘していた。存外、しっかりものである。

さてこのように郵便制度と中央郵便局を作ったら、あとは街角にも小型の郵便局を作る。

集配所は小さくても大丈夫だし、それほど重労働ではないので、これは寡婦の仕事とした。戦争で夫を亡くした戦災未亡人を郵便局長とし、望まぬ再婚をしなくてもいいように仕事を与えたのだ。

彼女たちは喜んで郵便局長となり、手紙をさばく。やる気がとてもあり、ひとりで男何人分も働いてくれた。

その様子を見ていたイヴが賞賛してくれる。

「さすがは御主人様です。郵便事情だけではなく、市民の仕事まで増やしました」

もはや天才という言葉だけでは片付けられません。と褒めてる。

「褒めすぎだ。それに郵政改革はまだ始まったばかりだ。アシュタロトの街で上手くいったら、次は支配下の街。手始めに孔明の街で始める。やがて全世界が導入してくれれば世界各国に手紙を送れるが、まあ、それには十数年は掛かるかな」

「大河も一滴の水滴から始まります。数年後には恋人たちがこぞって恋文を送る時代がやってきましょう」

「異世界では『年賀状』なる文化もあるらしい。この世界でも流行るかもな」

と言うと郵政大臣であるロビン・フッドがやってくる。

「魔王、郵便のことで相談があるのだが」

「なんだ、トラブルか」

「トラブルには違いないが、面倒なことが起きてな」

「なにが起きたんだ？」

と尋ねるとロビンは深刻な顔をして耳打ちをしてくる。

「実はだが、中央郵便局の裏手に馬の死体が投げ込まれたのだ」

「馬の死体など珍しくはない」

とは言わない。馬はアシュタロトの郵便局の看板のマスコットキャラだった。郵便局の看板は皆、馬の形をしていた。

そんな象徴的な生き物の死体が投げ込まれたということはなにか示唆するものがあるのだろう。

「ま、普通に考えて嫌がらせというか、警告だろうな」

「おそらくは。馬は哀れにも首を切断されていた」

「マフィアみたいな手口だな」

だが犯人をマフィアと決めつけるのはよくないだろう。

俺は調査をすることにした。

郵政大臣のロビンに参加してもらうと、イヴとジャンヌ両者を見つめる。

知的な助手としては圧倒的にイヴであるが、ジャンヌの奔放さによって事件が解決する可能性もゼロではない。

連れて行かないとあとからブーブー言うという意味ではジャンヌだろう。

迷っていると、ロビンが懐からコインを取り出した。

「魔王、迷ったときはこれだ」

「コイントスか。まあ、それが一番だな」

面倒なことで脳細胞に負荷を掛けるくらいならば、コインで決めたほうがいい。

「じゃあ、表の女神でジャンヌ、裏の魔女でイヴだ」

「逆のほうがふさわしいのでは」

ロビンは際どい冗談を言うが、苦笑を漏らすにとどめると、コインをはじく。

ロビンはそれを空中でキャッチすると、手のひらを解放する。

そこにいたのは魔女であった。

「それではワトソン役はイヴに決定だな」

俺がそう言うとイヴは顔を華やかせる。

横にいたジャンヌは案の定文句を付けてきたが、なんとか説得する。

兵の訓練に勤《いそ》しめ、本でも読んでいろ、と色々残る理由を探すと、最後は「お土産を買ってくるから」と納得させた。

なにが悲しくて自分の城下でお土産を買わなくてはいけないのかと思ったが、まあ、アシュタロト城の名物がどのようなものか、視察するのも悪くない、と自分を言い聞かせる。

このように調査団が結成された。

まずするのは現場に向かうこと。馬の死体が投げ込まれたという中央郵便局に足を運ぶことだった。

中央郵便局に行くと、鳥の亜人である男が揉《も》み手《で》でやってきた。

「これはこれは、アシュタロト様。このような場所になにか」

卑屈に見えるが、鳥人は商人気質のものが多く、大抵、このような性格をしていた。

「中央郵便局の庭に馬の死体が投げ込まれたと聞いてな」

その言葉を聞いて鳥人の局長オズワルドはびくりとする。

「……まさか、もう魔王様の耳に入るとは、地獄耳ですな」

「ロビンから聞いた」

「郵政大臣様から――。ならばもう隠し立てしても無駄でしょうな。実はですが、今朝方、中央郵便局の裏手に馬の死体が投げ込まれまして」

「嫌がらせ、恫喝《どうかつ》だな。なにかメッセージのようなものはなかったか？」

「ありました。壁に『郵便をやめろ』と」

「やはりそうか、なにか対策は？」

「中央郵便局の警備は厚くしましたが、末端の郵便局までは……」

「だよな。すべての郵便局に警備員を置いたら、郵送費が跳ね上がる」

「はい。せっかく、魔王様が人件費を削減してくださる方法を考えてくださったのに」

「それにいつ嫌がらせされるか怯《おび》えていれば末端の職員の士気も下がるだろう。このままでは郵政事業が崩壊する。というわけで嫌がらせをしてくる犯人の正体を摑《つか》むぞ。現場に案内してもらえるか？」

「それは構いませんが……」

ちらりとイヴのほうを見る。

御婦人に馬の死体を見せても大丈夫でしょうか、とオズワルドは続ける。

「それには心配は及ばない。イヴは魔族の娘。それに胆力も備わっている。馬の死体ごときでは眉一つ動かさない」

「それはすごい。女傑丈夫ですな」

イヴが、

「もったいなきお言葉です」

と頭を下げると、四人はそのまま現場に向かった。

†

現場には黒い血だまりが出来ていた。

馬の死体があった場所と思われる。

「相当な出血量だな」

「そのようですね」

イヴは相づちをする。

その現場を見て一瞬で馬の殺害現場がここだと察する。

そう宣言すると、イヴが尋ねてくる。

「どうして分かるのでしょうか？」

「簡単だ。別の場所で首を切ったのなら、ここまで血が多いのは変だろう。馬をここに連れてきて、生きたまま切ったから、この出血量なのだろう」

「なるほど、さすがは御主人様です。その推理、シャーロック・ホームズのようです」

「ほお、イヴはシャーロック・ホームズを知っているのか」

「はい。コナン・ドイルという作家が書きました。彼は異世界からやってきたのですが、この世界でもシャーロック・ホームズという探偵小説を書き、ベストセラーになっています」

「なるほど、文豪がこっちにきて、同じ商売をしていることもあるのか」

考えてみれば東方見聞録の著者、マルコ・ポーロもこの世界にいたし、文豪や著述家も英雄の範《はん》疇《ちゅう》なのだろう。

ならば是非、史記を書いた司馬遷《しばせん》にも会ってみたいな。そんな感想を抱くと俺は話を本筋に戻す。

「ホームズほどの推察力はないが、生きたまま馬を連れてきたと言うことは、近くの屋敷《やしき》や馬屋から馬を盗んできたのかもしれない。ロビンよ、調査してくれるか？」

ロビンは「御意」とその場を去る。

「殺された場所は分かったが、あとは馬の死体を見たいな。まだあるか？」

「もちろんです」

と鳥人のオズワルドは案内してくれる。

裏庭の一角に置かれた馬の死体。特になにも触ってはいないようだ。

馬の切断面を調べる。

首の中心がすっぱりと切られていた。

しばらく無言で見つめる。

イヴが尋ねてくる。

「ホームズ様、なにか分かりましたか？」

「ワトソン君はせっかちだね」

冗談を冗談で返すと結論を述べる。

「最初は鉈《なた》や斧で首を切ったのかと思っていたが、どうやらそうでないようだ。鉈や斧ではない鋭利な刃物のあとが見える」

俺はあごに手を添えながら考察する。

「この切断面は相当切れ味のいいもので斬ったあとだぞ。魔法かと思ったが、魔力の残滓《ざんし》を感じないから刃物だ。しかし、この切れ味は普通の刃物ではない」

「普通の刃物ではないということは、もしかして日本刀でしょうか」

「そうだ。この切断面はどう考えても日本刀だ」

「ならば犯人はもしや土方様」

「金に困った歳三が馬を斬る、か。ありそうだが、それはないな。今朝方も白粉《おしろい》の臭いをプンプン漂わせながら帰ってきたが、血の臭いは一切しなかった」

「臭いを感じるまで接近しているのですか。仲がよろしいことで……」

「最近、俺と歳三をそういう関係で見る小説が城内で流行っているがイヴもか」

「知りません」

ぷい、っと鼻をあらぬ方向に。

「御主人様は土方様と仲がいいのに、わたくしとはあまりスキンシップしてくれません。ずるいです」

「そんなことないけど」

「ならば今度、お背中を流させて下さい。土方様とは温泉に入られたのでしょう」

イスマリア城の地下でのことも筒抜けか。

女の情報網は改めて怖いと思いながら、話を元に戻す。

「まあ、犯人は日本刀の使い手だが、歳三ではない。まずは性格がそぐわない。あいつは俺が気にくわないなら正々堂々斬り掛かってくる。次に能力にそぐわない。この馬の切断面は鮮やかだが、歳三の抜刀術はもっとすごい。刀ではなく、糸で斬ったかのような切り口になる」

「たしかに」

イヴは納得する。

「犯人が日本刀の所持者と分かっただけでも十分ですが、それでも範囲が広すぎます。この都市にいったい、何人いるやら」

「まあ、ここからさらに絞るよ。というか、容疑者はすでに絞られている」

「すでにですか!?」

驚くイヴ。

「ああ、ここにくる前に」

「そんなに前に。さすがは御主人様です。して誰が？」

「犯人はこの郵政事業に不満を持つもの、とは分かるな？」

「はい、さすがにそれは」

「ならば不満を持つもので、日本刀の使い手がいる組織を絞ればいい。まずは不満を持つものだが、これは当然、各種ギルドだ。冒険者ギルド、魔術師ギルド、商人ギルドだ。彼らは独自の郵便網を作り上げ、郵便事業を商売にしている」

「彼らはギルド同士のネットワークを武器にしていますからね。特に冒険者ギルドのFランク任務には手紙を届けるというものが多いです」

「そうだ。つまり、俺の郵便事業を憎む連中でもある。既得権益を侵されたというわけだ」

「なるほど、利益を独占していた組合幹部は怒り心頭ですね」

「ああ、俺をくびり殺したいだろうね。どのギルドの長もそう思っているだろうが、その中から日本刀の使い手を探すと魔術師ギルドは除外ということになる」

「馬の死体には魔力の残滓がなかったみたいですしね」

「そうだ。一番怪しいのは日本刀使いを大量に抱える冒険者ギルド、傭兵《ようへい》として雇っている商人ギルドかな。あとは暗殺稼業に手を染めている盗賊ギルドも怪しい」

「そのみっつを重点的に調べますか」

「ああ、もうじき、ロビンが馬の情報を仕入れてくるだろうから、それを得たら方針を決定する」

そう言うとタイミング良くロビンが戻ってきた。

彼は近くの貴族の屋敷から馬が盗まれたことを突き止めてきたようだ。

俺はその貴族の屋敷に行き、聞き取り調査と証拠集めを行う。

使用人が明け方、馬泥棒の影を見たこと、そのものの身体的特徴などを聞く。

それと屋敷の位置、中央郵便局、各ギルドなどの立地を確認すると、犯人が通っただろう道を歩き、途中、大通りにいる乞食から情報を集める。

なにも知らない乞食には銀貨一枚、情報を持っている乞食には金貨一枚、さらに情報を隠している乞食には口を軽くするため、多くの金貨を支払うと、俺の推理の正しさが証明される。

「やはり犯人はギルド関係者のようですね」

イヴが確認するように問うてきた。

「ああ、そのようだ。問題なのは冒険者か、商人か、盗賊ギルドか、ということだが、それは一軒一軒しらみつぶしにするか」

「そうしましょうか。お供つかまつります」

イヴが深々と頭を下げると、俺とイヴとロビンはまず冒険者ギルドへ向かった。

冒険者ギルドは王宮の側にあった。

†

そもそもアシュタロトの街は王宮を中心に発展しているのだ。各種ギルドも同じような立地にあった。

冒険者ギルドのカウンターでギルド長との面会を願う。

美しいギルド嬢は取り次ぎを行ってくれる。

「それにしてもどうしてギルドの受付嬢は美しいのだろうか」

イヴに尋ねてしまうが、彼女は「知りません」と言う。歩くデータベースのイヴが知らないのならば誰も知らないかな、という感想を漏らすとロビンは笑う。

「魔王は権謀術数を極めているが、こと女心に関しては凡人以下だな」

どういう意味か尋ねてると、女性に他の女性が美しいというのは愚か者のすることらしい。

なるほど、たしかに一理あるが、イヴに関しては心配ないのでは、と返すと「若いな」と笑われた。

まあ、実際に生まれたばかりなので気にせず受け流すと、ギルド嬢がやってくる。

彼女にギルド長のいる部屋に案内される。そこは豪華な調度品が並ぶ応接間だった。座り心地のいい椅子に腰をかける。

そのまま眠りたくなるが、眠気を振り払うと、やってきたギルド長に挨拶する。

冒険者ギルドの長は昔、有名な冒険者だったらしく、凄みを感じさせる。今でもオークならば片手で一〇匹は倒してしまうだろうと思った。

その感想は正鵠《せいこく》を射ていて、ギルド嬢から耳打ちされる。

「うちのボスは今でも現役に復帰できるくらいなんです。毎朝、剣で素振りを一〇〇回、一〇キロはジョギングします」

それはすごいな、と褒《ほ》め称《たた》えると、お茶を注いでくれた。

四人が同時にお茶をすすると、ギルド長が切り出した。

「この街の支配者にして新米魔王であるアシト殿が何用かな」

「俺ごときの名を知っていただいているとは光栄だ」

「なにを謙遜を。この街に住んでいる人間で貴殿の名を知らぬものはいない。謀略の王の名は市民の誇りだ」

その言葉には偽りはないのだろう。

冒険者ギルドの長の目はまっすぐだった。一点の曇りもない。

このような男に駆け引きは無用と思った俺ははっきり言う。

「今朝、俺が作った郵便局の裏庭で馬が殺された。俺の郵便制度に反対するものの仕業だと思うが、心当たりはあるか」

「その物言いは俺たち冒険者ギルドが容疑者なのか」

「正確にはひとつだな」

「はっきりと物を言う男だな。たしかに俺たち冒険者ギルドは独自の郵便制度を持っているが、配達の仕事などFランクだ。なくしたほうがいいと主張する幹部もいるくらいだ。Fランクの仕事など誰もやりたがらないからな」

「ならばお前たちの手は白いのだな」

「少なくとも俺とその部下はな。もしも犯人がギルドのものならば内規に照らし合わせて厳正に処分する」

断固とした口調だった。そもそも彼は嘘をつくような男にも見えなかった。謀略とも縁遠い男のように思われた。

この男は信頼できる。そう思った俺は彼に謝罪すると知恵を借りることにした。

「貴殿を疑ったことは後日、改めて謝罪する。しかし、容疑者が高跳びする前にこの事件を解決させたい。協力願えるか？」

「勿論だとも。魔王アシトは俺たちに住みよい街を作ってくれている王だからな。市民として協力する」

「ならばこの街にいる抜刀術の心得がある戦士を教えてくれないか？　日本刀の使い手を」

「下手人が日本刀の使い手なのだな。我がギルドに所属しないものではそうだな、やはり一番は土方歳三」

「そいつは抜きで」

「ならばあとは商人ギルドの傭兵ミフネと暗殺ギルドのミキという男が有名だが」

「変わった名だな」

「どちらも東方にある島国からきた男だ」

「なるほど、蓬莱《ほうらい》の国出身か」

ならば得心できるが、はてどちらが下手人であろうか。考察してみたが、考えているだけでは判明しない。

ここは直接おもむいたほう早いだろうと思ったので、冒険者ギルド長に別れを告げる。

彼は立ち上がると握手を求める。

力強い握手に応えると彼は言った。

「なにか分かれば部下を使いに出そう。事件の解決を祈っている」

「ありがとう」

と礼を言い残すと俺たちは冒険者ギルドをあとにした。


続いていったのは商人ギルドであるが、冒険者ギルドが、爽やかな春の風ならば、商人ギルドは蒸し暑い真夏の風だった。日本の京都のような蒸し暑い風である。

清涼感ゼロなのは商人ギルドは長であるマークスという男が巨漢で肥満だからだろう。

面会したときも芋フライにラードとマヨネーズをまぶして食べていた。

油ギッシュでギラついた目、この世の快楽をすべて知り尽くしたかのような容姿をしていた。

イヴは彼を見るなり、

「有罪《ギルティ》」

と、つぶやく。

たしかに見た目はどこからどう見ても悪役なので弁護に困ってしまうが、法のもとでの平等、疑わしきは罰せずの精神にもとづき、聞き取り調査を始める。

商人ギルドの長ルカクはにやにやとイヴを眺めながら言う。

「それにしても魔王様は素晴らしい秘書官をお持ちですな。このような美姫と毎日ベッドをともにできるとは羨ましい」

ゲスの勘ぐりに怒ったのは俺ではなくイヴだった。

彼女は無礼者！　と怒りの声を上げる。

「魔王様はそのよう方ではない！　自分のあさましき知恵で魔王様を図るとはなんと根性薄汚い！　このイヴの短剣の錆《さび》にしてくれるわ」

イヴは懐から短刀を取り出そうとするが、俺は慌てて止める。

怒りの収まらないイヴをなんとか収めると、ルカクに尋ねる。

「貴殿の部下にミフネという男がいるらしいな」

「たしかにいる。この大陸の遥《はる》か東にあるホウライという国の男だ」

「東洋人だな」

ルカクは二重あごでうなずく。

「ならばその男と会いたい。面会願えないか」

「それはできない」

「どうしてだ」

「その男が故郷に帰ってしまったからだ。だからもう会えない」

「いつ帰ったのだ？」

「今朝早く」

「あまりにも都合が良すぎる」

そう叫んだのはイヴその人だったが、叫んだからといってルカクは怯《ひる》むようなたまではなかった。

「というわけでそのものに二度と会えませぬ。私はこれでも忙しい身でね。そろそろご退出願えるか」

と言ったタイミングで秘書官が東方の珍味、お茶漬けを持ってくるのはムカつく演出だった。

お茶漬けを客に出すのは異世界の日の本という国の風習で、「もうお帰りください」ということだった。

怒り心頭になるイヴを抑えるが、内心俺は下手人を特定していた。

目の前の豚が馬を殺し、俺に喧嘩を売ってきた張本人だと直感した。

しかし、ムカつくからという理由だけでこの男を殺せば、俺も同じ穴のムジナとなるだろう。

一国の指導者として、軽々に動くわけにはいかなかった。

というわけで重々と動いてこいつに目のものを見せることにする。

ぽつりとつぶやくとイヴは嬉しそうな顔で微笑んだ。

†

犯人に目星をつけたはいいが、外れていたら困る。

それに犯人が単独犯という保証はなかった。

ロビンに盗賊ギルドの内偵を頼む。上がってきた報告は盗賊ギルドの潔白を示すものだった。

ロビンいわく、そもそも盗賊ギルドには動機がないと言う。

「盗賊ギルドにも郵便制度はあるが、冒険者ギルドや商人ギルドほど重要ではないというか、身内の連絡用で公的な郵便制度にとって代わられるものではない」

とのこと。

冒険者ギルド以上に早く公的郵便制度の拡充を願っているようだ。

さらに言えば容疑者のひとりであるミキは典型的な蓬萊人で暗殺のたぐいを最も嫌うという。朝まで酒場で呑み明かしたロビンが断言してくれる。

この男の人を見る目はたしかで一流の犯罪捜査官よりも信頼できた。というわけでこのミキは容疑者から外す。

その主である盗賊ギルドのマスターも信用する。犯罪者集団である盗賊ギルドの長を信用するとは変に聞こえるが、この街の盗賊ギルドは畜生働き厳禁で有名だった。

「殺さず、犯さず、必要以上に奪わず」をモットーにしており、その頭目であるギルドマスターも昔気質《むかしかたぎ》の義賊として知られていた。まだ会ってはいないがミキ同様に信頼できる人物に思われた。

そうなればやはり犯人はルカクに絞られるというものである。

その後、ロビンからもたらされた証拠はすべてがルカクの犯行を証明していた。特に重要な情報は、馬を盗んだ貴族と敵対していたことを突き止めたことだった。

ルカクは面談のときに俺が強硬手段に出なかったことで増長したのだろう。二匹目の馬の死骸をほかの郵便局に投げ捨てる。馬好きの俺は頭にきた。

さらにルカクは調子に乗る。俺が手を出さないと思いこんでしまったのだろう。俺の暗殺まで計画を始めたという。

流石《さすが》にこれ以上は放置できない。

仮に放置をすればイヴあたりが暴走し、商人ギルドを焼き討ちしかねないので、俺はルカクに辞表を書いてもらうことにした。

ロビンを呼び出すと彼に依頼をする。

「ロビン、お前の弓の腕はイングランド一だよな」

「そういうものもいる」

「謙遜だな、この世界でも右に出るものはいないだろうに」

ロビンの奥ゆかしさに感心すると尋ねる。

「郊外にあるルカクの別荘に広大な庭がある。その隣の家の貴族はとても気前がよくてな。一週間、滞在してもいいそうだ」

俺の遠回りな表現に横にいたジャンヌがきょとんとしている。

ロビンは逆に俺の言っていることがわかっているようだ。察しがいいというか、明敏である。

俺はジャンヌを気にせず続ける。

「貴族が屋敷を貸してくれる期間とルカクが滞在する期間は偶然にも一致する。そして貴族の庭にある大きな木楡《にれ》の木からルカク邸は丸見えだ」

俺はひと呼吸置くと肝心なことを言う。

「その楡の木からルカクの庭にあるサンテラスまでの距離はおよそ三〇〇メートル。イングランド一の弓使いは三〇〇メートル離れた先にいる雄鹿の眉間を射抜くことができる。あとは言いたいことが分かるな？」

俺がそう言うとロビンはこくりと頷《うなず》くが、ジャンヌはいつまでもきょとんとしていた。


ルカクの別荘――

商人ギルドの長、ルカクは上機嫌だった。

気に入らない街の統治者、魔王アシュタロトに嫌がらせをできたことが嬉しかったのだが、それ以上に魔王の手も足も出ない姿が滑稽で仕方なかったのだ。

魔王アシュタロトは謀略の王、表裏比興のものと言われているらしいが、その実はただの臆病者のようだ。

大義名分や証拠がなければなにもできない小心者である。

これは楽というか、つけ込む甲斐《かい》がある。

このままやつの懐に飛び込み、既得権益をすべて奪ってしまうつもりだった。

「……いや、いっそ、やつを暗殺してこの街の支配権を奪ってしまうか」

という考えもあった。

このアシュタロトの街は大分、発展したし、またこれからも発展する。この街の支配者になれば連日のように酒池肉林の宴を開けるだろう。

それに魔王の横に控えていたイヴとかいう魔族の娘も自分のものになる。

彼女の美しさは至極の宝石にもたとえられる。是非、味わってみたいものである。

ルカクは妄想で頬を緩める。

元々、贅肉《ぜいにく》たっぷりの頬はだらしなく垂れ下がっており、ブルドッグのようであった。

女性にもてる要素はゼロであるが、ルカクの別荘には一ダースほどの愛人がいる。

皆、金で買った女であるが、あのイヴとか言う娘は権力と暴力でねじ伏せるつもりだった。

「おれを汚物のような目で見た女は、汚物を喰らわせてやる」

首に鎖を付け、豚以下の餌を犬のように食べる美しい娘を想像し、性的興奮を高めたルカクは、横にいる執事に、女の手配をさせる。

連れてきた女ではなく、魔族の女を新たに手配するのだ。

「ショートカットの娘がいい。気の強い娘がいいぞ」

そんなオーダーにも執事は快く応える。この主への回答に「NO」はないのである。

うやうやしく頭を下げてその場を辞すると、ルカクは女がやってくるまでの間、酒を飲むことにする。

ドワーフの王も愛飲するという強烈な蒸留酒を水と氷で割ると、口に運ぶ。とても熱い。胃が焼けるようであったが、それが心地よかった。

「最高の酒に、最高の女、人生にこれ以上の幸せがあろうか……」

ルカクがそう漏らし、グラスを下げた瞬間、そのグラスに目掛け、矢が飛んでくる。

彼の持っていたグラスは粉々に砕ける。

辺りに硝子《がらす》の破片と氷の残骸が散開する。

ルカクは慌てて周囲を見回すが、辺りに人の気配はなかった。

隣の家の貴族の家の庭に楡の木があるが、まさかあの距離から狙撃は不可能である。

ここは安全な別荘、だから購入したのだ。警備も万全であるし、どうやって矢を撃ち込んできたのだ!?

ルカクが冷や汗を掻いていると、その楡の木が光った。わざわざロビンが存在を知らせるために手鏡を太陽に反射させたのだ。

「な、なんだと!?　あの距離からここまで矢を飛ばしたというのか?」

し、信じられない、と続けるが、ルカクは矢に文が付いていることに気が付く。

ルカクは文を取り外すと読む。

文にはこう書かれていた。


「今回は警告だけだ――。命までは取らない。しかし、一週間以内に商人ギルドに辞表を提出し、アシュタロトの街から出ていかなければ、今度はグラスではなく、貴殿の額に矢が刺さることになろう」


その文言を読み、絶句するルカク。

「ま、まさか、あの暗殺者はあの距離からグラスを射貫いたというのか……」

ば、化け物か。

思わずそう漏らすと、異変に気が付いた護衛がやってくる。

その護衛はいつもとは違う護衛だった。

「ミ、ミフネはどうした?」

そ、そうだ。ミフネがいればいい。あの神業のような抜刀術の使い手がいれば、暗殺者など恐るるに足りない。

すがるような思いでミフネの居場所を尋ねたが、護衛は無情にもこう言うだけだった。

「ミフネ様は今朝、出奔しました。恐ろしくてこの街にはもういられないそうです。なんでも自分より凄腕《すごうで》のサムライに出会ったとか」

それは土方歳三のことで、辻《つじ》斬りのように勝負を挑まれ、刀を真っ二つに折られたという事情があるのだが、ルカクは知らない。

ただ、ミフネにも見放されたことを知ったルカクは、諦めの境地に至った。

「……さすがは謀神と呼ばれた男だ。結局、俺はあの男の手のひらの上で踊っていたに過ぎない。もはやこの街にいられぬ。財産を処分し、田舎に引き籠もろう」

ルカクは観念すると、商人ギルド長の辞任、財産の処分を一週間以内に終え、宣言通り故郷の山岳地帯に帰っていった。

以後、ルカクはアシュタロトの勢力圏内に二度と足を踏み入れなかったという。


馬殺害事件はこのように終結したわけだが、事件が解決すると、ジャンヌは大喜びで俺のもとにやってくる。

「魔王はすごいの！　天才なの！」

どうやら先日の会話の意味がやっと分かったらしい。

「魔王はあえてルカクを殺さないで、凄みを見せるだけで平和的に解決したの」

「まあ、悪党とはいえ、殺すのは忍びないからな」

「でも、すごいの。あんな方法を考えつくなんて」

「実行したやつが一番偉いよ。ロビンの弓の腕は世界一だ」

「本当にそうなの。私もロビンに弓を習おうかな」

「剣士からジョブチェンジか」

「剣だけでは先がないの。セカンダリー・ウェポンとして弓を採用したいの」

「まあ、聖女様に弓というのもなかなかオツだ。今度ロビンに習うといい」

「うん、でも、その前に魔王に基本的な使い方を教わりたいの」

「俺に？」

「弓の名人のロビンに弓の握り方から教わるのは恥ずかしいの。基本を押さえてから師事を受ける」

「まあ、構わないけど」

と、その後、数時間弓の握り方を教える。

俺は前世で貧乏貴族をしていたから、鳥や獣を自分で狩ることもあった。趣味ではなく、生きるために。

なので簡単な弓の扱いならば知っていた。

それをジャンヌに教え込むが、彼女は一週間、弓を習いにきた。なかなか上達しないのだ。

剣の天才は弓の劣等生ということだろうか。

ある日、執務室でイヴに嘆くと、彼女は可笑《おか》しそうに言った。

「御主人様は、それは女の手練手管でございます」

「手練手管？」

「はい。ジャンヌ様はわざと上達しないことで、御主人様と毎日会う口実を作っているのです。ましてや弓の鍛錬は密着して教えますでしょう。胸や臀部《でんぶ》を押し当ててくるのではありませんか？」

「…………」

軽く回想するとたしかにそうだった。

呆れた俺はジャンヌの弓の初級講座は終わり、と告げると、あとはロビンに一任した。

結局、ジャンヌはその後、弓の鍛錬を行わず。剣一本で戦うことにしたようだ。イヴの推察通りであった。

まったく、この魔王軍で一番の知恵ものは、彼女なのかもしれない。そう思った俺はその知恵を分けてもらうべく、今日も彼女に紅茶を注いでもらった。

†

軍団蟻の正体が分かるまで、俺はアシュタロト城の内政に注力するが、数週間の時間が経過しても、風魔小太郎から報告はなかった。

あの有能な小太郎が情報を集められないということは、敵側は相当に優秀なのだろう。

もしかしたら有能な軍師が敵にいるかもしれない。

そう思ったが、その考えは間違いではないようだ。

ある晩、眠りにつくと、俺の夢枕に女神が立つ。

俺がこの世界にやってきたときに現れた女神だ。ときおり、夢の中に現れては俺に忠告を与える女神だ。

その晩も彼女は急に現れると、こう言った。

「やあ、アシト、久しぶりだね」

まるで親戚のお姉さんのような気軽な態度だった。

彼女はもしゃもしゃとフライドチキンを食べている。

「それは？」

と問うと、彼女は「もちろん」と微笑む。

「これはキミの街の名物、ネルサス・フライドチキンだよ。かー！　最高に美味しいよね。でも、部位によって旨さが変わるのが玉に瑕《きず》かな。パサパサな胸肉のハズレ感ときたら」

ねえ、君の権限で、胸肉禁止令を出してよ、女神は平然と言うが、魔王の権力をそんなアホなことに使うことはできなかった。

女神は、「ちぇっ」と子供のようにすねるが、すぐに元の表情に戻す。油にまみれた自分の手を艶めかしく舐める。

上目遣いで「興奮する？」と聞いてきたが、無視をすると本題に入る。

「さて、ボクはパーティー・バレルを買うためにここにいるんじゃないんだ」

「ならばなんのためにいる？」

「それはもちろん、キミに警告をするため」

「清く正しく、魔王らしく生きているつもりだが」

「キミの生き方にケチを付ける気はないよ。むしろ、さいこーだからそのまま生きて」

「そうする」

「最近じゃ、天上からキミのことばかり見ている。キミは最高の退屈しのぎだ」

どういたしまして、と言えばいいのだろうか。

迷っていると女神は用件を切り出してくる。珍しい、と思った。

「実はなんだけど、キミはところにやってきたのは、キミの窮地を救うためなんだ」

「女神様は下界に干渉しちゃいけないんじゃないのか」

「物理的にはね。でも、アドバイスくらいなら問題ない」

それも天界とやらの掟《おきて》に反するような気がするのは気のせいだろうか。まあ、怒られるにしても彼女なので深く突っ込まないが。

「というわけでキミにアドバイス。キミは今、蟻の軍団と戦っているよね」

「ああ、今、調査中だ」

「あの蟻の軍団にはふたりの英雄が仕えているんだけど、そのふたりは凄腕だから注意」

「ふたりの英雄か。それは面倒だな」

「キミには五人の英雄が配下にいるけど、全員が集合できるわけでもないし、場合によっては向こうに圧倒されるかもね」

「たしかに。しかし、どんな英雄が襲ってくるんだ？」

「それを言うこともできるんだろうけど、ずばり言っちゃうのもずるすぎると思わない？」

「思うが、こちらとしては助かる」

「じゃあ、言わない。てゆうか、どうせすぐ分かるしね」

「どういう意味だ？」

「その英雄は、今、この街に滞在している。彼らは古風な上に洒落ていてね。決戦前に相手の大将の顔を見たいみたい」

「女神様のように茶目っ気にあふれているのだな」

「そうだね。ボクと性格が似ているかも」

「ならば厄介ではあるが、根は善人ということか」

「かもしれない」

女神様は「ふふっ」と微笑む。

「ともかく、今回対峙する魔王はとても強力。キミも負けちゃうかもしれないから、そのつもりでいて」

「ああ、常に死を身近に感じているよ」

俺がそう言うと女神が遠ざかっている。彼女の声が遠ざかっていく。

「あ、どうやら時間みたい。もっとお話ししたかったんだけどな」

「またいつか話せるさ。俺が生きていれば、だけど」

「そうだね。今回の戦いもキミが勝つよ、きっと」

「根拠は？」

「それはキミはボクが選んだ魔王だからさ」

「本当のところは？」

「同僚と賭けをしていて、キミに今月のお小遣いをすべて賭けた」

とんだ不良神様だと思ったが、口にはせず、代わりに感謝を述べる。

「核心には触れてくれなかったが、貴重な情報は助かる。朝、起きたら件《くだん》の英雄を探し、コンタクトを取ってみる」

「それがいい。決戦前に顔を合わせる最後のチャンスだ。あ、ボクが英雄の存在を伝えたとは言わないでね」

「考えておく。ところで最後に女神様に言いたいことがあるんだが」

「なになに？　まさか愛の告白？」

「違う。女神様、口の周りにべったり油が付いている。拭いたほうがいい」

見れば女神には先ほど食べたネルサス・フライドチキンの油が付いていた。

女神は紙ナプキンでそれを拭くと、「じゃあね～」と次元の狭間に消えていった。


朝、目覚めると当然のように女神様はいなかったが、ベッドの横にくぼみがあり、人肌のぬくもりを感じた。

一瞬、またジャンヌが勝手に入ってきたのかと思ったが、違うようだ。ジャンヌならば抜け出したりはせずに朝までここにいるはず。

女神の存在を感じたが、愛おしげに思ったりはしない。

どこか愛嬌《あいきょう》のある女神様は、異性というよりも妹に近い。

ジャンヌやイヴよりも近しい存在に感じた。

――もっとも、本当に彼女が妹だったら、それは騒がしい毎日になることだろうが。

そのように昨晩の邂逅をまとめていると、コンコン！　とイヴがノックをする。銀のワゴンに紅茶と朝食を載せてやってきたようだ。

俺は麗しのメイド様に朝の挨拶をすると、今日一日の予定をキャンセルする旨を伝えた。

イヴは一瞬、驚いたが、拒否することはない。

ただ、理由を尋ねてきた。

俺は明快に答える。

「今日は遠方から、友人がやってくる。彼と軍略を語り合いたいんだ」

俺の言葉にイヴは微笑む。

「それでは一日、楽しんできてくださいませ」

イヴの笑顔は朝の正常な空気と相まって、まるで宗教画のように美しかった。

友人がやってくるからと魔王アシュタロト城を抜け出たはいいが、彼と待ち合わせ場所を決めているわけではなかった。

手がかりはこの街に必ずいるといったことくらいで、出逢える可能性は限りなく低い。

しかし、俺は不思議と彼と出会えない可能性を考慮していなかった。

必ずどこかで再会できる、と思いながら街を散策する。

俺は軍師が好みそうな場所。本屋などを巡りながら、老人の姿を探すが、なかなか見つからなかった。

途中、街で嬉々と買い食いをしている聖女様を見つけたが、あえて声を掛けないようにしていると逆に捕捉された。

金髪の一部がぴんと立ち、「魔王の臭いがするの」クンクンと鼻を嗅ぐ。

犬か、と思わなくもないが、実際、犬みたいなものだろう、と思った俺は諦めてジャンヌに声を掛ける。

「聖女様はお出かけ中ですかな」

「お出かけ中なの。街の平和を守るため、パトロールをしているの」

「さすがは英雄だ。しかし、その両手に持っているものは？」

「これはコロッケと焼きトウモロコシなの」

「それは知っているが、食べながらパトロールではきないんじゃないか」

「分かってる。だからパトロールをしながら食べるの」

「…………なるほどね」

苦笑を漏らしてしまうが、特に注意はせずにジャンヌを誘う。

「ひとつだけでいいから俺にも分けてくれ。そうだな、街の噴水広場で食べよう」

ジャンヌは「まじで！」という顔をする。

「魔王からデートの誘いとは珍しいの。雨が降るかもしれないの」

空は気持ちいいほどの青空だった。

「たまにはジャンヌと買い食いも悪くない。それに人捜しをしていたのだが、結局、見つからなかった。今日は撤収する」

「なるほどなの。まあ、願ったり叶ったりだけど、ちょっと待って」

ジャンヌはいそいそと消える。最初、化粧でも整えてくるのかと思ったが、違った。

自分の食い扶持《くぶち》が減ると困るので、俺の分を買い足しに出掛けるようだ。

愛する人と食べ物を分かち合うという概念がないらしい。

ジャンヌらしくて微笑ましかったので、なにも言わずに彼女の後ろに付いていくと、倍の量を買い足し、一緒に噴水広場に向かった。

噴水広場のベンチでコロッケと焼きトウモロコシを食べる。

コロッケは俺が持ち込んだ新種のジャガイモからインスパイアされた食べ物だ。

ほくほくのジャガイモに挽肉《ひきにく》を混ぜて揚げた食べ物である。カロリーたっぷりで肉体労働者に大好評だった。

俺は酢をかけて食べるのが好きだった。

焼きトウモロコシは昔からある食べ物であるが、これも俺が持ち込んだ品種を使っている。

とても甘みのある品種で、主食にはならないが、付け合わせや単独で食べるのにとても向いていた。

焼いたトウモロコシにバターを掛けて食べると、天上人になったかのような幸せな気持ちを味わえる。

事実、ジャンヌはとろんとした顔をしており、愉悦にひたっていた。

「はあ……幸せなの。極楽、極楽……」

とコロッケと焼きトウモロコシを食べる聖女様は、とても可愛《かわい》らしかった。

「私の生まれ故郷はとても貧乏だったの。こんな油ぎっしゅで甘いものは食べたことがないの」

「この異世界はそれなりに食糧事情がいいからな」

ジャンヌの生まれ故郷と比較してだが、魔法がある分、冷凍保存ができたり、流通が発達していたりで、戦乱の世の中の割には美味しいものが気軽に手に入る。

「うん、もう元の世界に戻りたくないの」

ジャンヌは俺の分のコロッケまで食べ始めたが、注意はしない。彼女ほど食べ物を美味しそうに食べる少女は他にいない。自分の分くらい分け与えてもなんの問題もなかった。

ただ、さすがに全部食べられると困るので、ひとつだけコロッケを取り出すと、口に運ぶ。

この世界のコロッケはとても甘く、美味しかった。ウスターソースなどなくても十分美味しい。

魔王と聖女がコロッケに舌鼓を打っていると、話しかけてくる老人がいた。

彼は杖《つえ》を突きながら歩いてくると、許可なく俺の隣に座る。

ジャンヌがむすっとしたのは、俺との間に割って入ったからだろう。

無粋な老人なの、と怒るが、俺は怒るようなことはなかった。なぜならばその老人こそが探し求める人物だと悟ったからだ。

俺はフードをかぶった老人に、コロッケを手渡すと、彼はかぶりついた。

むしゃむしゃと咀嚼《そしゃく》する老人はコロッケを嚥下《えんか》すると言った。

「旨いな。オリーブオイルを掛けるともっと旨いかもしれない」

俺はさっとオリーブオイルを取り出す。

老人はにやりとする。

「さすがは謀略の魔王、相手が欲するものを知り尽くしている」

「ハンニバル・バルカという名将は地中海世界の英雄ですから。日本人にとっての醤油《しょうゆ》がごとくオリーブオイルをたしなむと思っていました」

「なるほどな」

ハンニバルと呼ばれた老人はフードを取り外す。そこにいたのは以前、ダンケ村で出逢った老人だ。

そこで彼から軍略の書をもらったという経緯がある。

「あのときもらったハンニバル戦記は俺のバイブルです」

「役立ってなによりだが、お前さんのような天才には不要だったかもな。釈迦に説法という言葉もある」

「まだまだ学ぶことが多いです。特にあなたのような名将からは」

「学ぶのはこちらかもしれんて。さて、このまま褒め殺しても仕方ないから、本題に入るが、おぬしとは近いうちに決戦をすることになるだろう」

「単刀直入ですね」

「もったいぶっても仕方ないからな。しかも驚かないところを見るとわしが蟻軍団の一味だと知っていたか」

「女神様に聞きました」

「ほう、貴殿は女神の寵愛《ちょうあい》を受けているのか」

「寵愛と言うよりも偏愛というか、贔屓《ひいき》にはされています」

「なるほど、普通、神々は地上のものに干渉しないものだが、お前は別なのだろう。ただ、観察しているだけで面白いからな」

「皆、買いかぶりのような気がします」

「買いかぶりなものか。このハンニバルがわざわざ会いに行くなど、スキピオ以来だ」

「ローマの英雄ですね。名将ハンニバルに土を付けた男です」

「ああ、なかなかの若造だった」

「スキピオの万分の一でも戦略・戦術に通じればいいのですが」

軽くスキピオを自分に仮託すると言った。

「さて、無駄だと分かっていますがハンニバル殿を引き抜きたいのですが」

その言葉を聞いたハンニバルは、かっかっか、と笑う。

「馬鹿なことを言うでない」

「馬鹿なことでしょうか」

「大馬鹿なことだ。ほれ、お前の横にいる金髪の娘を見よ」

「ジャンヌですね」

ジャンヌはきょとんとこちらを見ている。

「娘よ、お前はもしも我が軍団に誘われたら、寝返るか」

「そんなこと考えることもないの。私は常に魔王と一緒」

即答する。

「このお嬢ちゃんだけでなく、あの東洋人のサムライも一緒だろう」

歳三のことだろう。

「お前たちが魔王アシュタロトを裏切らないように、わしも自分の主人を裏切らない」

「貴殿の主人はどのような方なんですか」

「我が主人は、清流に漂う絹のようなお方」

「ほう……」

「とても美しく、強い。しかし、とても儚《はかな》い存在だ」

ハンニバルは目をつむると言う。

「彼女がわしをこの世界に召喚した。スキピオに敗れ、惨めに老体を養っていたわしを召喚してくれたのだ。そして生きる意味を教えてくれた。こんな老人でも頼りになると頼ってくれたのだ」

「それが主なんですね」

「うむ」

と、うなずく。

「わしだけではない。他にも多くのものが魅了されている。我らは彼女を将来の女王にしたい」

「将来の女王というと、あなたが仕えるのは蟻の女王ではない、と？」

「将来の女王だな。隠し立てしてもすぐにばれるから言うが、蟻の女王の名はアリオーシュ、我はその娘であるアリーシアという娘に仕えている」

「アリオーシュにアリーシア……」

「そのアリオーシュは地下で根付き、イスマリアの城をたったの数時間で落とした」

「それは知っています」

「しかし、蟻の繁殖力は旺盛だ。イスマリアの城だけでは足りない。近く、このアシュタロト城にも攻め寄せてこよう」

「避けられないのですか」

「我が主人が女王になれば別であるが、アリオーシュは強欲、その欲望を止めることはできないだろう」

「その娘も母親の命令には逆らえない、と」

「そうだな。つまり、これは宿命だ。かつてローマを震撼《しんかん》させたこのわしと、この異世界を震撼させつつあるアシュタロトとの知恵合戦だ」

「避けられない対決ということですね」

「その通りだ。しかし、悲しいかな、わしのこの血はたぎっている。かつて戦ったことがない英雄と手合わせできると年甲斐《としがい》もなく震えているのだ」

ハンニバルはそう明言すると、立ち上がる。

「いや、楽しかった。それに旨かった。このコロッケというやつは世界一旨い。帰りに買って、アリーシア様を喜ばせる。そして数ヶ月以内にこの城を征服し、それを彼女に捧げよう」

「そういうわけにはいきません。事情は分かりましたが、俺にはアシュタロトの城と部下、それに民衆を守る義務がある」

「お前には義務、わしには権利があるようだな。果たしてどちらが強いかな」

「それは分かりませんが、全力を尽くします」

俺はそう言うと立ち上がり、ハンニバル将軍と握手をする。

老人は力強い握手を返してくれた。

かつて世界最強の帝国を震撼させた男、帝国の中の帝国ローマと互した男の手はとても厚かった。

いや、熱かった。

老人とは思えないほどの情熱を感じた俺は、そこはかとなく感動し、老人の手を手放せなかった。

しかし、いつまでも手を握っているわけにもいかない。

老人を解放すると別れの抱擁をし、彼が去るのを見送った。

アシュタロトの街に夕日が落ちる。

それがハンニバルの影を長くさせた。

†

同時刻――

土方歳三はアシュタロトの城下町にある色町に入り浸っていた。

ヨシワラと名付けられた東洋風の妓楼は歳三が作ったようなものであるが、だからといって威張り散らしたり、我が物顔をしたりはしない。

あくまでひとりの客として通っていた。娼妓《しょうぎ》たちも特別扱いしないように伝えてあるが、その命令は徹底されない。

土方歳三は、前世からモテてモテて仕方ない男なのだ。京という街で取り締まりの仕事をしていたときも、あまりにもモテて、幕府のお偉いさんや部下たちに恨まれたものだ。

歳三が娼館に顔を出せば、娼館の綺麗どころが馴染《なじ》みの客をほっぽり出してやってきてしまうのだから、恨まれても仕方ない。

まあ、歳三もあまり注意せず、娼妓たちに好き勝手させてしまうのもいけないのだが。

今日も歳三は妓楼にやってくると、馴染みの娼妓を呼び、膝枕をさせながら、三味線を弾かせる。

今日は女を抱く予定はない。酒もあまり呑まないようにする。

するとこの妓楼の太夫《たゆう》に当たるエルフの娘が尋ねてきた。

「歳様、今日は具合が悪いでありんすか？」

「まさか。ただ、なぜか予感がするんだ」

「予感？」

「今日は友が訪ねてくるような気がする」

「友ですか？」

「ああ、旧友だ。酒を呑んで前後不覚のまま会いたくない」

「なるほど、しかし、そんなことを言われると焼き餅を焼いてしまいます」

「焼き餅？」

「ええ、歳様がそのように気を遣うなんて、魔王様以外では考えられません」

「なるほどな、たしかにそうなのかもしれないが――」

と、自分でも驚きながら再確認すると、禿《かむろ》と呼ばれる娼妓の見習いがやってくる。

「歳三様、お客人です」

「あら、歳様、予感が当たったみたいですね」

「そうだな。これからその客を招き入れるが、酒を用意してくれ」

「分かりました。熱燗《あつかん》でよろしいでありんすか？」

「ああ」

と言うと禿が小走りに厨房に向かう。

なかなか可愛い娘だと思っていると、エルフの太夫に手の甲をつねられる。

「あの子の水揚げを狙っているでしょ」

「まさか。初物は苦手だ」

と誤魔化すと、歳三は奥の間に向かった。そこで友人を待つ。


友人がくる前に酒が置かれると、ちょうどいい具合に男は現れた。

キツネの面をかぶった老人だ。

「この後に及んで面か」

「この期に及んでおれの正体を察していない男に言われたくない」

「おおむね察しているさ。お前、――だろ」

と老人の名前を言う。

老人は無言でその名を聞いた。肯定も否定もしない。歳三もあえて確かめることはなかった。

「…………」

老人はしばし無言になると、なにごともなかったかのように続ける。

「さて、まあ、おれの正体などどうでもいい。今日はちゃんと目的があってやってきた」

目的とは？　と問い返さなかったのはやってきた理由をおおむね察しているからだ。

「今宵はお前と末期の酒を呑むためにやってきた」

「……ふ、末期の酒か。つまり、お前はアシュタロト軍に寝返る気はないということか」

「ああ、おれを拾ってくれた主人に剣を捧げなければいけないからな」

「そいつはうちの旦那よりも男前なのか」

「美少女だよ」

「ならば比べるまでもないか。しかし、うちの旦那もそれなりに忠誠心を刺激するぜ」

「ああ、それは認めよう。もしも我が主人よりも先に魔王アシュタロトに出逢っていれば、喜んで剣を捧げていただろう」

「出逢った順番が悪いってことか」

「ああ、おれもあんたも近藤勇なんて馬鹿者と出逢ってしまったから、常に貧乏くじを引かされただろう。あんな感じだ」

「その例え話は分かりやすすぎて、今さら翻意をうながせない」

「分かっているじゃないか。ならば注げ」

とキツネ面の老人は盃《さかずき》を目の前に出す。

男に酌をする趣味はないが、これが最後だと思うと自然と手が出ていた。

なみなみと注ぐと、今度は老人が返杯してくれる。

ふたりはその後、一言も発することなく、酒を口にする。

南方の海上都市から仕入れた日本酒は、胃に染み入るような味だった。

あの夜、幕末の日々を思い出す。

命の取り合いに明け暮れた日々、明日、死ぬかもしれないと精一杯生きた日々、結局、幕府に使い捨てにされ、賊軍と後ろ指指されるようになった日々。

とんでもない日々だったが、歳三と老人にとって、たしかにあの日々が青春だったのだ。

歳三は懐かしむように過去と邂逅すると、朝まで老人と飲み明かした。

妓楼の酒樽が空になるほど飲み明かすと、歳三と老人は昼までいびきをかいて眠った。

昼頃、歳三が起きて部屋を見渡すと、誰もいなかった。

しばし呆然《ぼうぜん》と老人が寝ていた場所を見つめると、小便をするために厠《かわや》へと行った。

第十八章　蟻の女王とその娘

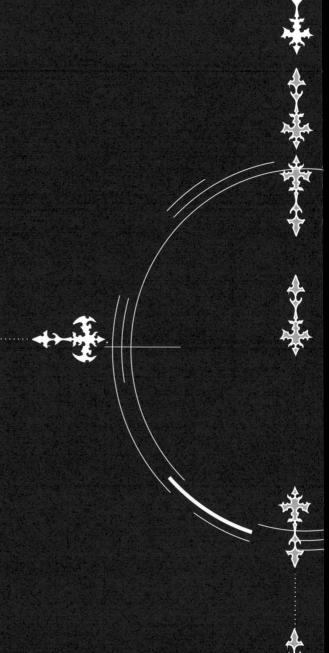

†

地中海世界一の天才軍略家、ハンニバル・バルカから軍団蟻の長の名前を聞いた俺。

それを城に持ち帰ると、軍議の間で仲間たちに伝える。

幹部たちはそれぞれの表情を浮かべると、それぞれに口にした。

「蟻の軍団は魔王の眷属《けんぞく》だったのですね」

イヴの率直に総括する。

「一言で言うとそうなるな。アリオーシュという蟻の姿をした魔王が率いているようだ」

「ならばその女王を倒せば蟻の軍団は壊滅するのですね」

「ああ」

その言葉に人狼のブラデンボロが吐息を漏らす。

「それは良かった。今、イスマリアの城はひどいことになっているらしい。ほとんどの住人は城の中に連れて行かれて農奴にされるか、戦奴にされるか、食料にされているらしい」

痛ましいことだ、とスライムの幹部も続ける。

「ハイブの中で強制労働か。彼らを救ってやりたいが、まずはアシュタロト城の防備を固めたい」

「それなのですが、アリオーシュはこのアシュタロトにも攻めてきますでしょうか」

「確実に攻めてくるだろうな。やつらの食欲と繁殖力は旺盛、イスマリアだけでは足りない」

「ならば戦争は避けられませんね」

「ああ、ハンニバルとキツネ面の爺さんがきたことがなによりもの証拠だ。もはや戦争は避けられない」

問題は——と、続ける。

「問題とは？」

スライムのスラッシュが尋ねてくる。

「問題なのは、いつ、どこからやつらが攻めてくるか、だ。やつら街の地下に巣を作ってそこから攻め寄せるのが常套策《じょうとう》と聞く。すでに地下に広大な巣が張り巡らされている可能性がある」

「いや、まさか、そんな、そのような大規模工事、気がつかぬわけがない」

「そうです。振動で気がつきましょう。心配しすぎです」

「同じ台詞をイスマリア伯爵も口にしていたはずだが、彼は今や冥界の住人だ。俺としては同じ轍《てつ》は踏みたくないな」

俺の不吉な予言に皆が静まりかえるが、しばらくするとその予言は成就する。

してほくしくはなかったが——。

忍者である風魔小太郎が、大扉を開け、部屋に入ってくる。

「珍しいじゃないか、正面からくるなんて。いつもなら変装して忍び込んでいるのに」

俺の皮肉に小太郎はものともしない。淡々と事実を口にする。

「アシュタロトの城下町に穴を見つけた」

「穴とはまさか、蟻の穴ですか？」

イヴは慌てふためく。

「この期に及んで別の穴のほうが驚きだよ。なるほど、どうやらアリオーシュはイスマリア攻略と同時にこの城も狙っていたようだな」

「ああ、穴からは蟻が大量に出てきた。今、俺の部下が抗戦している」

「ならばそこに兵を送って増援を。そしてすぐに塞ぎましょう」

「それは無駄だ。俺の部下は強い。蟻ごときには負けない」

だが――と小太郎は続ける。

「今、蟻の穴は城下町各地に開いている。そこから同時に蟻が出てきている」

「ならば同時に兵を割かねば」

俺が言うとイヴが反対する。

「なりません！　御主人様、やつらの狙いは御主人様の首です。おそらくやつらは我らが兵を分散させ、その隙にこの城にあるコアを破壊する気かと」

その言葉で幹部たちは俺の玉座の前にあるコアに改めて思いをはせる。

あれを破壊されれば俺は魔力を失うのだ。そうすればゲームオーバーだった。

しかし、俺は気にした様子もない。

「イヴの言葉はおそらく正しい。……いや、疑いようもなく正しいだろう。しかし、俺は不利を承知で兵を分ける」

「なぜです」

「それは民のためだ。今、この瞬間、彼らは俺に助けを求めている」

耳をすませば市民たちの叫びが聞こえてくるような気がした。

「敵の作戦、ハンニバルの作戦は明らかに陽動にある。俺が兵力を分散すると確信しているのだろう。俺の性格を熟知しているとみえる。小賢しいとは思うが、卑怯だとは思わない。俺が彼と同じ立場なら同じ作戦を採るからだ」

「……御主人様」

「民が俺のような新参魔王を信頼してくれるのは、俺が民を守るという意思を明確にし、それを有限実行しているからだ。ここで彼らを見捨てれば遠くない未来に俺は彼らに見放されるだろう」

その言葉でイヴは心を固めたようだ。それ以上、抗議しなかった。

それを愛おしげに感謝すると、俺は策を部下に披露する。

「迷っている暇はない。街の北部は人狼のブラデンボロが向かえ」

「御意」

と人狼は立ち去る。

「西はロビン・フッド。部隊を組織したばかりで悪いが」

「悪いものか。訓練した兵の成果を見たい」

ロビンもすぐに向かう。

「東はジャンヌに頼もうか」

ジャンヌは「承知なの」と即座に向かった。

最後に残った歳三は、

「ならば俺は南だな」

と自主的に向かった。

風魔の小太郎は最初に見つけた穴を塞ぐため動き出したから、これで軍議の間には誰もいなくなった。正確にはイヴとスライムのスラッシュだけが残っているが、彼らが中央、つまりこの城を守る最後の砦《とりで》だった。

さて、ここまではハンニバルにいいようにやられているが、それも永遠ではない。

ずっと彼のターンというわけではなかった。

俺は残った兵を城の要所に配置すると、ハンニバル将軍と知恵比べを始めた。

†

玉座の間から各地の様子を見る。

まず最初の穴はこちらが優勢だった。コボルト忍者のハンゾウが善戦していた。風魔の小太郎がやってくると圧倒する。

風のように蟻を斬り、鬼のように脚をねじ伏せる。戦国の忍者の貫禄を見せつけてくれた。

このまま時間が過ぎれば、彼は蟻を駆逐し、穴を埋めるだろう。

続いて北部であるが、これは押されていた。人狼のブラデンボロは人狼の勇者であるが、蟻側も精鋭部隊を配置していた。

羽根蟻などが多数見られる。このままでは戦線が崩れる。そう思った俺は彼らに援軍を送る。

ロビンの担当する西部は、膠着《こうちゃく》しているが、やはり押されていた。彼が指揮するのは弓兵。弓兵は中距離を得意とするため、懐に入り込まれた状況で戦うのは不利であった。

さらに組織されたばかりで戦いに不慣れであった。ただ、指揮官であるロビンはさすがで、不利な状況下でも鬼神のごとき働きをする。

矢を二本、同時につがえると同時に放ち、両方命中させる。

接近戦を挑む蟻にはそのまま矢を突き立て、ショートソードで突き刺す。まるで闘牛士のように蟻を扱う。

一方、東部のジャンヌはやや優勢だった。彼女の持つ聖剣ヌーベル・ジョワユーズから放つ剣閃は次々と蟻を切り裂く。

そもそも彼女は一体多数をもっとも得意とする英雄だった。そういう意味では数を頼みとする蟻と相性がいいとも言える。

さて、ここまでは総合するとこちらが押されているが、南部戦線はどうだろうか。

魔法の映像によって確認する。

土方歳三が担当する南部戦線は互角の戦いだった、歳三の部隊は魔族と魔物、人間、亜人の混成部隊。強力な兵が多く、精鋭だった。

なので歳三が特に指揮をしなくても敵兵と戦えている。

ただ、歳三も意味もなく、指揮をサボっているわけではなかった。

歳三のいる南部戦線には強敵がいたのだ。

その強敵は人間の兵の集団を率いていた。皆、日本刀で武装したサムライだった。

その集団を率いているのは、キツネ面を付けた老人だった。

神はまるで両者を引き合わせるかのように同じ戦場に導いたのだ。

これには運命論を信じない歳三もにやりとする。

「神など信じたこともなかったが、この戦いが終わったら、自分の部屋に神棚を作る」

「おれは神社を作るよ」

両者、軽口を叩くと、そのまま必殺の一撃を放つ。

ものすごい音が響き渡ると、つばぜり合いを始める。

「すごいじゃないか、爺さん、俺の一撃を防ぐとは」

「抜かせ。若造には負けない」

ふたりの剛剣は互いに剣を砕こうとするが、実力が伯仲しているため、そうはならない。

長いつばぜり合いが続く。

その隙を見て、軍団蟻であるハイブ・ワーカーと、歳三の部下の傭兵が迫ってくるが、互いに互いの部下を同時に斬る。

「三下の出る幕じゃない！」

「勝負に水を差すな！」

両者の凜《りん》とした声が響き、ふたりの部下が血しぶきを上げると、以後、両者の勝負を邪魔するものはいなかった。

両者の戦いはまるで神話の一コマのように続く。

数十合の打ち合いが続くが、一撃として見逃すことのできない見事な剣捌きだった。

このまま永遠に観賞していたかったが、そういうわけにもいかない。各種、戦線を同時に把握し、手薄なところに兵を差し向けるのが俺の仕事だった。

しかし、俺が北に兵力を指し向けると、地下から蟻の増援が増える。

西に差し向けると西にも増える。そんな状況が延々と続く。

どうやら地下で同じような作業をしている男がいるようだ。

「華麗にして一分の隙もない。用兵学の教科書のような采配だ」

敵将に賛辞を惜しまない。俺と同じように苦虫をかみつぶしたような顔で戦況を見守る老人の姿を思い浮かべる。

「兵の采配はほぼ互角。ならばあとは兵の数と質だが――」

今のところそれも互角のようだ。一進一退が続く。しかし、わずかだが、ほんのわずかだが、向こうの方が優勢なのはやはりハンニバルが指揮しているからだろう。

このままでは負ける。素直にそう思ったが、卑下したり、嘆くこともなかった。

負けつつあったが、まだ負けたわけではない。兵の采配で敵わなければ、謀略で勝てばいいのである。

現実主義者の魔王である俺は、ハンニバル・バルカを倒す幾通りもの謀略を練った。

――その数六五五三六種。一瞬にしてそれだけのパターンを考え尽くすと、その中から一番効果的な謀略を選び出し、それを実行することにした。

地下であぐらをかき、地上の様子を確認するのはハンニバル・バルカ。異世界最強の将軍と恐れられた男。

彼は魔法の映像を見ながら、的確に増援を送っていた。

蟻の軍団は精強であるが限りがある。一兵も無駄にしないように指揮したかった。

それにこの戦いが終わってもハンニバルはまだ戦わなければならない。

今は蟻の女王アリオーシュに従っている振りをしているが、そろそろ代替わりしてもらうつもりだった。

女王アリオーシュの娘であるアリーシアに女王についてもらうつもりだった。そのためには直属の兵を活かし、女王の息の掛かった兵に捨て駒になってもらうつもりだ。

我ながらあくどいとは思うが、それもすべて主のためであった。

その主が話しかけてくる。

人の形、無垢《むく》の結晶のような少女の姿をしたアリーシアは言う。

「ハンニバル将軍、戦況はどうでしょうか」

その姿を見たハンニバルは驚く。

「姫、なぜ、このような場所に」

「お母様の命令です。他の姉上も各地の前線に出ています」

「アリオーシュ女王がそのような命令を」

「我が娘ならば前線に立て！　蟻どもと苦労をともにせよ、とのことです」

「都合の良いときだけ娘ですか」

アリオーシュには七七人の娘がいるが、その立場は羽根蟻に毛が生えた程度であった。蟻の女王に人間のような愛情はない。

「それも仕方ないこと。わたしは末娘ですし、お母様のために働かなければ」

「アリーシア様、何度も言いますが、そのような気持ちは無用。アリオーシュ陛下にはいつかその行いを悔いてもらいます」

「それは駄目です。母上の命令は絶対です」

そう言い切るアリーシアの瞳に嘘はなかった。この娘は冷酷なアリオーシュを敬愛していた。母親だと思っていた。向こうは七七人いる娘のひとりとしか思っていないのだが。

おそらくは生来の優しさからくると思われるその親孝行なところは美徳だと思われるが、この世界では、いや、蟻の群れの中では不要な感情と思われた。

だがハンニバルは口にせず、ただ前線には出せないことだけを伝える。

アリーシアは従ってくれるが、その瞬間、部下から報告が上がる。

「ハンニバル様、魔王アシュタロトの本陣が動きました」

「本陣だと？　城から出たのか？」

「はい、かなりの兵を引きつれ、押され気味の北部戦線に投入するようです」

「なるほど、一気呵成に北部戦線を片付け、各個撃破する気か」

なかなかに良い作戦であったが、それは諸刃《もろは》の刃でもあった。本陣から兵を割けば、その分城が手薄になるのである。

そしてハンニバルはその瞬間を見計らっていた。

「よし、今こそ、城を取るときだな。精兵を差し向ける」

「アシュタロト城にあるコアを破壊するのですね」

アリーシアが尋ねてくる。

「その通りです」

ハンニバルは無骨に微笑むと、それを実行した。

魔王アシュタロトがしびれを切らし、北部戦線に兵を投入した瞬間、ハンニバルは見計らっていたかのように精兵を出す。

温存しておいた主力部隊だ。羽根蟻と人間の精兵の混成部隊である。人間の部隊はハンニバル自ら鍛えた屈強の兵だった。

彼らを率いるのはハンニバル自身。

かつて大国ローマを震撼させた男が自ら前線に出るのだ。

出陣の際、アリーシアはハンニバルに問うた。

「ハンニバル将軍、どうしてわたしのような小娘のためにその力を捧げてくれるのですか」

ハンニバルは少女の問いにはなにも答えなかった。

ただ、彼女と出会った日のことを思い出す。

それはこの世界ではない世界の話だった。

かつてカルタゴという国のために戦ったハンニバル。圧倒的寡兵で大国ローマと戦えとカルタゴの政治家どもにいいようにされていた時代。

ハンニバルは最後まで国のために尽くしたが、結局、スキピオ率いるローマに負け、敗残の身をカルタゴに置いていた。

しかし、そこでなにもせずに人生を終えないのがハンニバル・バルカ。ハンニバルは無能だった政治家どもに成り代わり、国を指導すると、ローマに敗戦する前よりも豊かな国を作り上げることに成功する。

ただ、それは同時にローマ国内の有力政治家の警戒を買う。カルタゴ国内の嫉視を買う。

ハンニバルは同じ地中海世界のシリアと内通していると濡《ぬ》れ衣《ぎぬ》を着せられ、カルタゴを追放される。

そのシリアに逃げ込み、亡命者となる。さらにそのシリアからも追放されると、逃げ回るように地中海世界を放浪した。

最後は現地の王に捕まり、自害したということになっているが、死の直前、この世界に召喚された。

召喚したのはアリーシアという少女である。

アリオーシュの娘である彼女は、欠けた漂流物と自分の生命を捧げ、ハンニバルを召喚した。おかげで彼女の寿命は半分ほどになっている。

なぜ、そのような真似をしたかといえば、それはハンニバルのことが可哀想だからと言った。

あれほど、国に尽くしたのに。名誉のために戦い続けたのに、最後はその国に裏切られたハンニバルがあまりにも哀れだったから。

だからハンニバルを召喚したという。

もしかしたら、母親から疎まれる自分とハンニバルを重ねたのかもしれないが、ハンニバルは少女の優しさに触れてその生き方を変えた。

ローマに復讐《ふくしゅう》することしか頭になかった自分が、初めて国のためでなく、名誉のためでもなく、『誰か』のために戦う決心をした。

以後、ハンニバルはアリオーシュの将軍をしながら、アリーシアに仕えていたのだ。

無論、そのような心の内を彼女に伝えたことはないが、ハンニバルは早く、彼女のために大帝国を築き上げたかった。

誰にも束縛されることのない国を。誰にも支配されることのない国を。誰にも裏切られない国を。

アリーシアという聖女が国の中心にいる世界を作りたかった。

ハンニバルは改めて未来の女王であるアリーシアを見ると、そのまま出陣をした。

アシュタロト城の地下に入り、彼のコアを破壊するつもりだった。


ハンニバルは先頭に立ち、剣を振るう。

ハンニバルは天才軍略家であるが、同時に勇猛な将軍であった。

そうでなければ寡兵でローマに飛び込み、敵地で何十年も戦えなかっただろう。

ハンニバルがアシュタロトの兵を斬り殺すと、その隙を這《は》うように彼の部下が前進する。

このままコアに一直線である。逡巡する理由はなにもなかったが、ハンニバルは後方に異常を感じる。

なにかおかしい。長年、駆け巡ってきた男の独特の嗅覚が働く。

ハンニバルは部下に前進を止めさせるが、それと同時に後方から爆音が聞こえる。

「ハンニバル将軍、後方から火の手が上がりました」

「なんだと？　罠か？」

「そのようです」

「あの小僧め、自分の城ごと破壊するつもりか」

アシュタロトはどうやら城に爆薬を設置していたようだ。ハンニバルを分断する気のようだ。

「しかし、この城にめぼしい指揮官はいない。英雄級の指揮官はいない。分断されたのは仕方ないが恐れることはない。前進を再開せよ」

そう言うと同時前方からも火柱が上がる。

「く、なんだこれは」

今度は部下ではなく、前方にいる魔王が報告する。

「ハンニバル将軍、今のは俺の魔法の炎です。たしかにこの城に英雄は残っていませんが、魔王ならばいます」

その声に一番驚いたのはハンニバルだったろう。ハンニバルはアシュタロトが不在だからこの城を攻めたのである。

「どういうことだ――？」

ハンニバルは無骨に尋ねる。アシトは丁重に答える。

「俺が北方に送ったのはダミー部隊です。俺の部下には変身するのが得意なスライムがおりまして」

アシトはそう言うと映像を空中に映す。たしかに北方戦線に向かったのは、不特定で不確定な生き物、スライムだった。

それを見てハンニバルは自嘲気味に笑う。

「まったく、わしとしたことが。このような簡単な詐欺に引っかかるとは」

「謀略は簡単なほうが引っかかりやすいもの。この城が手薄になれば将軍は必ずやってくると思いました」

「まあな、我らの勝機はそこにしかない」

「ええ、俺と将軍の戦力、一見、互角に見えますが、蟻の軍隊は全力を出していない。いくつも分派しているようですね」

「ああ、今回の襲撃はほとんどアリーシア様の手のものだ」

「アリオーシュ女王はイスマリアに籠もり、その娘にこの城を攻めさせたのですね」

「ああ、この城を奪えばアリーシア様の拠点ができる。そしてそのままそれを奪ってアリーシア様に捧げるのだ」

「そのような面倒なことをしなくても将軍ならば謀反を起こせるのではないですか？」

アシトの疑問にハンニバルは答える。

「それは無理だな。女王アリオーシュを殺せば、そのまま蟻の軍団は消滅する。彼女の産んだ娘たちもな」

「なるほど、運命共同体なのか」

「ああ、だからわしにできるのはアリオーシュよりも強力な軍団を作り上げ、アリオーシュを幽閉することと。そして女王の権利を娘に譲らせること」

「そのためならばいくらでも戦う、というわけか」

「その通り！」

とハンニバルは腰の剣を振りかざす。アシトもロングソードで迎え撃つ。

「天下のハンニバル将軍と剣を交えることになるとは」

「剣ならばお前に勝てる」

「そうかもしれません」

素直に相手の技倆《ぎりょう》を褒めると、アシトは彼と距離を取る。

その間に部下が割り込む。

一騎打ちに卑怯かもしれないが、表裏比興のあだ名は伊達《だて》ではない。

それにアシトにハンニバルに勝るところがあるとすれば、数少ないひとつがこれだった。


多くの兵を指揮する能力はハンニバルには及ばない。

国を富ませ、強くするのもハンニバルには勝てない。

個人的武勇ですら、剣術は劣っている自覚があった。

ならばなにになら勝てるだろうか。アシトはそう考え、熟考したが、ひとつの考えが浮かんだ。

それはアシトが卑怯者なところ。勝つためならなんでもするところだった。

アシトはハンニバル将軍とまともに戦わず、謀略に頼った、小賢しい方法で彼をおびき出した。

そして小賢しい方法で彼を倒す。彼よりも明確に勝っているもうひとつの長所で。

その長所とは己の体内にある圧倒的な魔力だった。

アシトは魔法によってハンニバルを倒すのだ。

アシトは呪文を詠唱すると、巨大な炎を作り上げ、それで彼の配下を焼き殺す。

蟻の兵と人間の兵、同時に焼き、駆逐する。

あらかじめ油をまき散らしていた城内は一気に燃え上がる。

「自分の城ごと俺の兵を燃やすか」

「それしか方法はなかったので」

真実だった。天才ハンニバルの上を行くには生半可な方法では駄目と思っていた。後先考えずに攻略するしかないと思っていた。

アシトはこのようにハンニバル将軍の虚を突き、相手を上回ったのである。

†

このように中央の戦線でハンニバルを圧倒すると他の戦線でも変化が起こった。

まずはスライムのスラッシュを援軍に送った北部戦線。ここで戦局が覆る。

兵が倍増した北部戦線は敵を押し込め、蟻を地下に押し戻す。

すると余裕が出た西部戦線にも兵が向かい、そこでもこちらが有利になる。

さらに元から優勢だった西部戦線もこちらの勝ちが濃厚に。

それを察した俺は風魔小太郎率いる忍者部隊にある指令を与える。それは極秘なので誰にも話さないが、その大胆な作戦は横にいたイヴを驚愕させた。


さて、このように各戦線で圧倒し始めるが、敵もさるもの、南部戦線と中央戦線が再び膠着を始めた。

南部戦線は敵の主力部隊ともいえるキツネ面の老人がいた。

彼らは丸一日、剣を交えていた。近寄る兵、敵味方問わず斬り捨てる始末。決着が付きそうになかった。

俺がいる中央戦線はというと、こちらも膠着まで持ち込まれた。

爆薬と魔法によって混乱を与えたが、元々こちらは寡兵、あちらは精鋭部隊。奇襲を仕掛けても圧倒まではできなかった。

ハンニバル将軍は火傷《やけど》を負いながらも懸命に指揮をし、コアを破壊しようとする。

しかし、その踏ん張りもその日までだった。

翌日、南部と北部以外でいくさの趨勢《すうせい》が固まると、勝利した部隊が他の戦線になだれ込んでくる。

西のロビンが南部に。

東のジャンヌと北のブラデンボロが中央にやってくると、さすがにハンニバルは撤退を命令した。見事な撤退だった。粛々としている上に、わずかの乱れもない。戦術の教科書にも載っていないほどの手際の良さに圧倒されるが、俺は自分の兵をまとめると、逆に進行を始める。

ハンニバルの籠もる地下に兵を送るのだが、反対するものがいた。

イヴである。

彼女はこのような理由で反対した。

「このいくさ、勝負はもう決まりました。御主人様は城でご観戦ください」

「城と言っても過半は燃え落ちてしまったからなぁ」

のんきに言ったのは、傍観する気はなかったからである。

俺はハンニバルと直接対峙し、彼と雌雄を決したかった。

「彼のような名将と戦えるのは人生で一度だけだ。その機会を逃したくない」

俺の度しがたい性《さが》に歳三も同意してくれる。

「それは俺も同じだ。俺も早くあの爺さんと雌雄を決したい」

男ふたりの主張に、イヴは抗しきれなくなったのだろう。最後には了承してくれた。

「さて、このまま攻め込むのは既定路線だが、まだやるべきことはある。俺はここで軍をふたつに分ける。そのうちのひとつをロビンに率いてもらおうか」

「俺が？」

ロビンは戸惑うが、兵を率いるのが不安なのではないようだ。

「この期に及んでふたつに分けてどこに攻め入る？」

ロビンは尋ねてくるが、説明をする。

「蟻の女王アリオーシュはイスマリア伯爵領にいる。今ならば手薄だ。主力のハンニバルがいないからな」

「それで先ほど、風魔小太郎を派遣したのか」

「ああ、あわよくばそのままアリオーシュを暗殺してもらう」

「しかし、今は各個撃破をするべきではないのか」

「蟻の女王を倒せば蟻はすべて死に絶える。これはこちらの被害を最小限にするための秘策だ」

「なるほど、分かった。ならば兵を率いてアリオーシュの首を取ってこよう」

ロビンは納得すると、彼にジャンヌとブラデンボロを付き従わせる。

「英雄の過半をイスマリアに派遣するのですか？」

「ああ、アリオーシュの首にはそれだけの価値がある」

「それは建前で、ハンニバルとの戦いを他のやつに譲りたくないのだろう」

歳三が冗談めかして言うが、それはある意味、俺の本心を突いていた。

歳三も歳三でキツネ面の老人との対決を他に譲る気はないようだが。

このように軍を分け、敵と対峙することになったが、追い詰められたはずのハンニバル軍はなかなかに手強《てごわ》かった。

地下に攻め入ってから数日で押し戻されると、地上に出てくる。

ハンニバル将軍はそのまま俺を攻めることなく、北上する。

「さすがはハンニバル将軍、俺の小賢しい作戦を見抜いているようだ」

俺がイスマリアにいるアリオーシュを狙っていると察した彼は、救援に向かうようだ。

「もっとも忠誠心からではなく、必要性からだろうが」

アリオーシュが死ねば、その娘であるアリーシアも死ぬのだ。要は彼の選択肢は限られるのである。

俺としてはその選択肢をさらに狭め、こちらの有利になるようにことを運ばせるだけだった。


アシュタロト軍とハンニバル軍の戦いの第三幕は平原で行われた。

今までは市街戦だったが、このような広い場所で傭兵の妙を競えるのは僥倖なことだった。

ハンニバル軍の主体は蟻と呼ばれるハイブ・ワーカーであるが、彼らの強さは人間の傭兵並だった。

またハンニバルの部下の人間はよく訓練されており、騎士団の騎士を想起させる。

兵の質はほぼ互角と言っていいかもしれない。

ただし、それを率いる最強の男、ハンニバル・バルカ、同じような陣形を組み、同じような兵力で戦った場合、こちらが圧倒的に不利であった。

「ハンニバル・バルカという将軍は、カンナエの戦いで圧倒的不利な状況でローマ軍を倒した。少ない自軍を巧みに動かし、倍するローマ軍を逆に包囲殲滅《せんめつ》したのだ」

「通常、包囲殲滅するには相手よりも多数の兵がいります」

イヴが補足する。

「しかし、ハンニバルは優秀な弟に騎兵を指揮させると、軍を素早く動かすことで数的不利を補った。相手よりも早く戦場を動き、相手よりも早く決断し、相手よりも早く敵を倒した」

「先ほどの戦いもそうでした。ハンニバル将軍は的確に戦線の状況を見て、兵力を投入、神がかり的な采配でした」

「まさしくバアル神の生まれ変わりだよ。いくさの機微を見る天才だ」

「しかし、そのハンニバル将軍と互した御主人様も最強です」

「今、ここで戦っていられるのはハンニバルの優秀な弟もいなければ、騎兵もいないからだよ。もしも、ハンニバルに優秀な機動部隊がいれば、包囲殲滅され、こちらが負けている」

「それも仮定の話です」

イヴの言葉にうなずく。

「そう、すべては仮定だ。第一幕も二幕も、一見、ハンニバル将軍が主導権を持っているかのように見えて、その実、俺が主導権を握っていた。ハンニバルには自由な裁量がない。彼は前世と同じ、後背の無能な仲間に悩まされてる」

「魔王アリオーシュですね」

「ああ、ハンニバルは彼女の一将軍に過ぎない。女王の蟻軍団は、おろかにも今、多方面に侵略軍を派遣しているらしい」

「戦力を分散させているのですね」

「ああ、その間、俺の精鋭たちが攻め入って首を持ってくれれば軍団蟻は崩壊する」

「ロビン様たちならばきっと首を持ってきましょう」

「そう信じているが、問題なのはハンニバル将軍もそれを知っているということだ。彼はその命を懸けて俺の首を狙うだろう。もはや俺を殺さなければアリオーシュを、いや、その娘アリーシアを救えないと分かっているからだ。さて、歴史上最強と謳われた将軍の本気の猛攻を耐えられるかな」

自嘲気味に言ったのは、自信がなかったからである。

事実、第三幕の野戦は敵に押されつつあった。

包囲殲滅こそされていないが、軍を数百メートルは後退させられた。それほど鬼気迫るものがあるのだ。

しかし、ひとつだけ俺に有利なことがあるとすれば、それは時間だった。

俺には無限ともいえる時間がある、待てば待つほど別働隊が吉報をもたらせてくれる可能性が高かった。

一方、ハンニバルには時間がない。

この違いは大きい。

俺とて謀神と呼ばれた魔王。幾人もの魔王を倒してきた武人なのだ。

負けないことに徹すれば、名将ハンニバルとて容易に付けいることは出来なかった。

俺は必死の形相で迫るハンニバル軍の兵士たちを哀れみながら、縦深陣形を取るように命じた。

部下たちは一糸乱れぬ様でそれを実行してくれた。

†

遠方からアシュタロト軍の動きを観察するハンニバル。

アシュタロト軍は縦深陣形を選択したようだ。

「当然かな」

という感想が漏れ出る。

この期に及んでは彼らは時間を稼げばいいのだ。別働隊が女王アリオーシュを倒せばすべては解決するのである。

もしも自分がアシュタロトならば同じ戦法をとるだろう。だから腹立ちはしないが、それでも焦燥感を覚える。

アリーシアの母親、アリオーシュはいつ討たれてもおかしくなかった。

この瞬間、絶命し、軍団が崩壊してもおかしくないのだ。

それは困る。ハンニバルはこの異形の部下たちに不思議なほど親近感を持っていたし（アリオーシュの直属部隊とは違ってハンニバルの蟻は人間を食わない）、アリオーシュの娘であるアリーシアは孫娘のように思っていた。

アリオーシュが死ねば両者が消え去るかと思うと、胸が打たれる。

なんとしてもそれを防ぎたいが、肝心のアリオーシュが無能すぎた。彼女は強欲にも周辺の全勢力に喧嘩を吹きかけ、交戦中だった。

「なんと浅ましく、無能な女王か」

あのような強欲な女王から、アリーシアのような聖女が生まれたことは奇蹟《きせき》である。

見れば彼女は自分の部下である蟻の手当てをしていた。魔力を使い、回復魔法を掛けていた。

昨日から寝ずにである。いや、この戦いの最中、ずっとだ。彼女は地下で静観などせず常に救護班の指揮を執っていた。

しかも、蟻、人間は問わないのはもちろんのこと、降伏した敵軍の兵にまで慈悲をかける。敵味方関係なく、重篤なものから順に手当していた。

その心根の優しさは、歳を取って感性が鈍くなった老人の心を震わせるに十分だった。

ハンニバルはアリーシアを実の孫のように見つめると、彼女と出逢ったときのことを思い出す。

彼女がハンニバルを命懸けで召喚した日のことだ。あの日の彼女もハンニバルを賢明に看病してくれた。ハンニバルが召喚されたのは、元の世界で敵兵に槍を突きつけられた瞬間だった。今、まさにとどめの一撃をもらう瞬間に呼び出されたのだ。

故郷の味方に裏切られ、異国の王に売られたハンニバルは生きる気力を失っていたのだが、そんなハンニバルをアリーシアは優しく包んでくれたのだ。

ハンニバルはそのときのことを生涯忘れることはできない。昨日のように思い出せる。だからこのように命懸けで戦っているのだ。

改めて戦う理由を思い出すと、横にいる老人に語りかけた。

老人はキツネ面をかぶっている。この男もハンニバルと同じ世界の住人だが、ついぞ仮面の下を見ることはなかった。名前さえ知らない。

しかし、この老人は誰よりも信頼できた。この老人もまたアリーシアの魅力に惹《ひ》かれて剣を振るっているからだ。

いわば同志であった。

その同志に語りかける。小声で、誰にも聞こえないように。

「おそらくはこのいくさ負ける」

「…………」

キツネ面の老人は意外そうな声を上げなかった。不満も漏らさない。ただ、仮面越しにハンニバルを見つめる。

「このままだとアリオーシュは討たれるだろう」

「……しかし、そうはさせないのだろう。貴殿は」

「ああ、今から最後の特攻を掛ける。わしが前線に出てあの縦深陣形を突破する」

「それは不可能だ。あの縦型の防御陣形はどんな名将も突破できない」

「ハンニバル・バルカ以外の将ならばな。わしを誰だと思っている」

にやりと悪戯《いたずら》小僧のように笑うハンニバル。

「いいか、だが、わしが血路を開くから、その間、お前がアリーシア様を引き連れて北上しろ。アリオーシュを助け、命を助けてやれ。いったん、地下に籠もり、戦力を回復したら、今度こそは王権を奪い、アリーシア様を女王にするのだ。さすれば地下で平和に暮らせよう」

「なんだ、その物言いは、まるで後事を託すかのようではないか」

「託すのだよ、わしはここで死ぬ。あのアシュタロトとかいう小僧を出し抜くには命を懸けるしかない」

「あんなひよっこに負けるものか」

「ひよっこはひよっこでも竜の雛《ひな》だよ、あいつは。この先、どれほどの将に育つのか、見当も付かない」

「ならばそれを見届けよ」

「それはお前の仕事だ。さて、ここで議論する時間も惜しい。これ以上、減らず口を叩くのならば、返礼に足を切り落とすぞ」

ハンニバルは冗談めかすが、キツネ面の老人も他に選択肢がないことを分かっているようだ。

「分かった」

と一言だけいうと、最後にキツネ面を取る。

そして自分の名を伝える。

「おれの名は永倉――永倉新八だ。ヒノモトの江戸という場所で生まれた。しがない侍だ。短い間だったが、お前の指揮で戦えたことを誇りに思う」

「わしもお前のような部下を持てて誇りに思う」

ハンニバルは感慨を込めてそう言うと、握手を交わした。

それが最初にして最後の握手となる。

永倉新八は、ハンニバルに背を向けると、アリーシアを説得し、北上することを説明した。


永倉が北上するためにハンニバルは血路を切りひらく、部隊を鋒矢《ほうし》状に展開させると、アシュタロトの縦深陣形に突撃させる。

縦深陣形は鋒矢陣形のような攻撃型の陣形に強い。陣形によって生まれた突撃力をすべて奪ってしまうのだ。

しかし、ハンニバルはそのような定石を無視し、突撃を繰り返した。

日に五度、決死の突撃を繰り返すと、さすがのアシュタロト軍も浮き足立ち、陣が割れる。そこに永倉率いる騎馬部隊が割って入ると、北上に成功した。

それを見ていたアシュタロトはハンニバルの采配にうなり声を上げるが、ただ見惚《みほ》れている暇はなかった。ハンニバルの意図が明白だったからだ。

「将軍は部隊を北上させ、アリオーシュを救援する気だ。一部隊が北上したところでなにも変わらない――とは言い切れないのが将軍の恐ろしいところ。歳三、部隊を割いて追撃してくれ」

「承知」

歳三は嬉々として部隊を割く。騎馬部隊の前列に旧知の顔を見つけたからだ。先日、一緒に酒を飲んだ老人、かつて一緒に薩長の犬どもと戦った男だ。

歳三がアシュタロト軍から騎馬部隊を抜き出し、編成すると、そのまま追撃を買って出る。

残された俺は英雄の助力なしでハンニバルと戦わなければならない。生まれたばかりの頃に戻った気分だ。

そのことをイヴに伝えると、

「ならばきっと勝ちましょう。生まれたばかりの赤子と、死が定まった老人、神はきっと前者に味方します」

と微笑んだ。

「だといいのだがな」

曖昧な返答をしたが、もちろん、負ける気はなかった。向こうは強引な突撃で疲弊していた。今こそこちらから攻勢を仕掛けるべきであった。

†

アシュタロト城での知恵比べを第一幕、地下での戦闘を第二幕、平原での激闘を第三幕とすれば、今が第四幕であろうか。

数日前から続いている激戦は、今、最高潮に達していた。

多くのものが傷付き、死んだこの一連の戦いが収束に向かう。

――無論、勝者は現実主義者の若者であった。

魔王アシュタロトがこのいくさに勝利した理由はいくつかある。

元々、いくさは攻める側よりも守る側が有利なこと。

立地的にも、時間的にも、戦略的にも、アシトは常に守り徹すればいい状況を作り上げたこと。

そしてただ守っているだけでなく、その間、謀を多く巡らせたこと。

それら不断の努力によってアシトは勝利を収めた。いや、収めつつあった。

数が減ったハンニバルの軍勢に半包囲網を敷くと、時間を掛け、攻め入る。

ここにきて拙速は不要とばかりにじっくりと追い詰めた。

別にサディストになったわけではない。もったいぶっているわけでもない。

ハンニバルという猛禽《もうきん》の反撃の一撃が怖かったにすぎない。

アシトは確実に将軍を討ち取るため、精鋭を選抜すると、自ら前線に出て、ハンニバルを狩ることにした。


戦場を見渡しながら、ハンニバル将軍はつぶやいた。

「……もはやここまでか」

無論、誰にも聞こえない音量であるが、いくつもの戦場を駆け巡った老将にはすでにこの勝負の帰結が見えていた。

幾百もの戦場を駆け巡り、ローマ人を恐怖の底に陥れたハンニバルもここが年貢の納めどきのようである。

　ハンニバルは声を張り上げ、部下に宣言した。

「忠実にして勇敢な我が兵よ。よくぞここまで戦った。見事である」

　兵たちは耳だけを将軍の声に傾け、戦闘を続ける。

「我らの戦略的な目的はアシュタロト城の奪取であったが、それは失敗した。だが、政略的な目的はアリーシア様の生存にある。それは成功したことだろう。永倉ならば必ず女王を救い出し、アリーシア様を次期女王にするはず」

　ハンニバルは続ける。

「しかし、わしはそれを見届けることできない。口惜しいことであるが、それも天命。もう十分生きたし、後悔はないが……」

　ただ、と続ける。

「貴君らはそうではない。異形の蟻も、人間の傭兵もだ。貴君らはよく戦った。十分すぎるほど戦った。もう、よい。これ以上、傷付かないでよい。これ以上、死なずともよい。貴君らは降伏せよ、魔王アシュタロトは戦場の勇者を遇する道を知っている。諸君らを手厚く迎え入れてくれるだろう」

　その言葉に嘘はなかった。ハンニバルはもう負けを悟った。そしてアシトは敗者に重ねて罰を下すことはないだろうと思っていた。

　ただ、兵士たちは戦うのをやめない。

不審に思ったハンニバルは側近に尋ねる。

「彼らはなぜわしの命令を聞かない」

側近は当然のように答える。

「彼らは将軍の命に常に従い、数々の勝利を重ねてきましたが、それでも最後の瞬間くらいは自分の意思で選びます。彼らは将軍とともに死ぬことを選んだのです。どうか、その選択を尊重してください」

その言葉を聞いたハンニバルは、

「……馬鹿者どもめ」

と漏らすと、自ら剣を取った。

「ならばその心意気に答えるまで。我らも突撃するぞ」

「御意。どちら方向に」

「無論、魔王アシュタロトの首がある方向に！」

ハンニバルがそう叫ぶと、残された兵は雄叫びを叫びながら、アシトのいる方向へと向かった。


こうしてハンニバル軍最後の突撃が始まる。

するとそれまで優勢を保っていアシュタロト軍が嘘のように押し戻され始める。

勝利を確信していた兵たちが浮き足立つ。

イヴは悔しそうに言う。

「そんな、もう少しで勝てるのに」

「もう少しで勝てるからさ。勝ちいくさで命を懸けたくはないものさ」

アシトは冷静に返答すると、イヴが質問をする。

「このままではハンニバルの兵がここにやってきます。御主人様が討たれるかも。下がってください」

「それはできないな。前にも言ったが、俺のような若輩に兵が従ってくれているのは、俺が常に前線にあり、兵と苦楽をともにしているからだ。兵士と同じものを食い、同じ苦労を分かち合い、同じ場所で死ぬからだ。今さらその大原則を崩せば、俺の名は卑怯者の代名詞となろう」

「……御主人様」

イヴは大きくため息を漏らすと、懐から短刀を取り出す。

どうやら戦う気のようだが、彼女のような細腕のメイドさんに出張ってもらうのは忍びなかった。

だからアシトは謀略を駆使する。

兵たちにわざとアシトの陣への道を空けさせると、そこにハンニバル将軍を招待する。

もはやアシトの首を取るしかないハンニバルは、まっすぐにそこにやってくるだろう。

そこを狡猾《こうかつ》に攻めるつもりだった。

その策を話すとイヴは、顔をほころばせるが、話したほうは浮かない顔をしていた。

今さら卑怯だの、汚いなどと言ったことばで傷付くアシトではなかったが、それでも地中海世界最強の将軍を殺すというのは道義に反するような気がしたのだ。

「血塗られた魔王の歴史書に悪行が記載されることになるな」

しかもその箇所の記述はとても厚く、真っ赤な文字で書かれることになるだろう。

血で書かれた真っ赤な文字だ。

それは表裏比興な魔王にふさわしいような気がした。


ハンニバル軍はアシュタロトの首を目掛け、突撃を重ねるが、自分たちが罠に誘い出されたことを知っていた。

知っていてあえてそこに飛び込んだのである。

もはや寡兵敵せず。ハンニバルの残された兵力ではまともに戦うことが出来なかった。

もしもわずかでも勝機があるとすれば、それは魔王の罠を逆用し、彼を仕留めることであった。

ただ、問題なのは魔王アシュタロトに策略に一分の隙もないということだった。

アシトはわざと空けた道の両脇に弓兵を配置すると、ハンニバルの部隊の弓を射かけた。

ハンニバルの決死隊は強者そろい。士気も高く、白兵戦では無敵を誇ったが、それでも多くは普通の人間だ。生物だった。

両脇から同時に、大量の弓を射られたら、どうにもならない。

傭兵やハイブ・ワーカーたちは次々と倒れていく。

とある兵がハンニバルの身代わりとなり、死ぬ。

ハンニバルはそのことを悲しむ暇もなく、第二射に襲われる。それによって多くの部下が死ぬ。

第三射もくるが、それをかいくぐった部下たちももはや数えるほどしかいなかった。

皆、ハンニバルを守り、死んでいった。

死んでいった彼らにとって唯一の救いがあるとすれば、ハンニバルがまだ生きていることだが、それも強いて言えばであった。

ハンニバルはたしかに生きているが、全身に数十近い矢が刺さっていた。なぜ、生きているのだろうか。敵兵はもちろん、味方も不思議でならなかった。

ハンニバルは鉛のように重いからだを引きずりながら、アシトの本陣を目指したが、それもここまでのようだった。気力はまだまだ続いていたが、身体のほうが持たない。

大量に失血した身体はもはや言うことを聞かなくなっていた。

死が迫っているのである。

口惜しいことは魔王アシトの首を取れなかったことであるが、嬉しいこともある。それは魔王アシトによって殺されることだ。

魔王アシュタロト。彼はこの先、大陸の端から端までその名を轟《とどろ》かせるだろう。

グロリュースと呼ばれる大陸で、その名を知らぬものはいない存在となるだろう。

この大陸を支配する大魔王となるべき存在、それが魔王アシュタロトだった。

そのような王に殺されたことは嬉しいことであった、後世の歴史家がさぞ羨むことだろう。

そう思ったハンニバルは死を迎える。

本当は魔王アシトがやってくるまで生きているつもりであったが、彼は遅すぎた。

「……まったく、最近の若者は年寄りに対する礼儀がなっていない」

それが名将ハンニバルの残した最後の言葉であるが、それを聞き取ったものは誰もいなかった。

彼の率いる部隊は全滅したからである。


その姿を見て、アシュタロト軍のオークは驚いたという。

彼は語る。

人間はもちろん、蟻の兵までもハンニバル将軍を守るために戦った。

意思を持たないと思われた蟻までもが将軍のために命を捨て、最後まで戦ったんだ。

俺は仲間が死んだとき、悲しみはしたが、泣きはしなかった。

だが、ハンニバル将軍を見たとき、彼を守るため、多くの兵士が彼の横で倒れている光景を見たとき、俺は泣いた。

初めて戦場で泣いた。

彼らのために大粒の涙を流した。

†

——北方の戦線にて。

アシュタロト軍の中央を破り、騎馬部隊を北上させた永倉新八であるが、後方から敵襲の存在を察知する。

永倉は自分の馬に乗せていた姫を部下に託すと、反転し、そのものを迎え撃つ。

そのものとはかつての仲間、土方歳三である。

彼は無言で馬を走らせると、腰から剣を抜き、なんの迷いもなく永倉の首を落とそうとする。

「かつての仲間になんの口上もなく斬り掛かるとは、さすがは鬼の副長だな」

自嘲気味に漏らす。

「かつての仲間だからだ。俺たちに言葉はいるまい」

「そうだ。先日も散々飲んだしな。もう、思い残すこともなかろう」

永倉も腰の物を抜くと抜刀術を繰り出す。

歳三はそれを剣で受ける。

鍔競り合いが続くが、どちらからでもなく、馬を下りる。

互いに馬は苦手だった。馬上で剣を繰り出す鍛錬などしていないのだ。

両者は同時に地に足を付けると刀を振り合う。

達人同士の一撃、周囲のものからは糸が舞っているように見えるかもしれない。

しかし、その糸にわずかでも触れれば身体のどこかが切り落とされるだろう。それくらいにふたりの剣術はすさまじかった。

「歳三よ、戊辰《ぼしん》の役で別れたが、函館で剣の腕を上げたんじゃないか」

「抜かせ、お前こそ京都にいた頃より強いだろう」

「お前よりも遙かに長く生きたからな。その間に鍛錬した」

「ならばもう十分生きただろう。死ね」

横なぎの一撃を加える歳三、それを受け止めると、永倉は袈裟斬りを放った。

このように一進一退の攻防は延々と続く。

周囲のものはそのハイレベルな戦いに息を呑む。

しかし、実力が同じならば、時間が経てば必ずその均衡は崩れる。

歳三と永倉はほぼ五分の実力であったが、問題がひとつだけあった、それは永倉が歳をとっているということである。

彼は幕府が瓦解したあとも何十年も生きた。七五歳までの長命を保った。

一方、土方歳三は函館で死んだ。享年三四歳である。

英雄は魂魄《こんぱく》召喚で召喚されるものだが、歳三は函館で死んだときに召喚された。永倉は晩年に召喚された。

この違いはとても大きいものだった。

三四歳の男盛りの剣士と、七五歳の老齢の剣士では、技術は同じでも、体力に差があった。

一時間ほど戦闘を行うと、それが如実に表れる。

永倉は肩どころか全身で息をし始める。一方、歳三は澄ました顔をしていた。

歳三が十撃繰り出す間に、永倉は六撃しか繰り出せなくなる。

神業のような剣技にも陰りが見え始め、押され始める永倉。

これは誰もが勝負あった、そう思った瞬間、永倉は奇策に出る。

降伏を勧める歳三の言葉を無視すると、剣を振り上げ、奇声を発する。

これが最後の一撃、と言わんばかりの渾身《こんしん》の一撃を放つ。

歳三は「これは腕でも切り落とさないと収まりが付かないな」そう思ったのだろう。永倉の右腕を容赦なく切り落とした。

しかし、それが永倉の狙いだったのだ。永倉は右腕を切り落とされる瞬間、腰に差していた脇差しを左手で抜くと、それを歳三の首に突き立てた。

それで喉笛を掻き切られた歳三は死んだ。

——わけではなかった。薄皮一枚のところで脇差しを止めると言った。

「これでこの勝負、おれの勝ちだな。異存はないな？」

にやりと笑う永倉に歳三も呼応する。

「なんて男だ。まったく、こんな手に打って出られたら、もはやなにも言えない。いいだろう。この場は俺が軍を引く」

歳三が負けを認めると、永倉は申し訳程度に右腕を止血すると、そのままアリーシア姫のところへ向かった。

だが、永倉はそこで絶句する。信じられない光景を目にする。

そこにいたのはハイブ・ワーカーたちに囲まれる美しい姫君だった。

蟻たちは涙こそ流していないが、全身で悲しみを表現していた。

姫はその中心で眠っていた。まるで眠るように死んでいた。

姫様の美しい死に顔を見る。まるで天使のように清らかであった。

永倉は悟る。

どうやら自分の援軍は間に合わなかったようだ、と。

魔王アシュタロトの部下たちによってアリオーシュは討たれたようだと悟る。

アリーシアは女王アリオーシュの娘、その命は一蓮托生《いちれんたくしょう》であった。アリオーシュが死ねば、彼女の産んだ娘はすべて死ぬのである。

このようにアリーシアは死んだが、今さらではなかった。

最初から覚悟をしていた。

アリオーシュの本拠は手薄であったし、それを討伐にいったアシュタロト軍の別働隊は精強であった。

オルレアンの聖女ジャンヌ・ダルク、戦国最強の忍者風魔小太郎、疾風の弓使いロビン・フッド。名だたる英雄が参加していたのだ。負けるのも道理であった。

しかし、ハンニバルがその命を賭して切りひらいてくれた血路を活かせなかったことには忸怩たる思いがあった。

まったく、年は取りたくないものである。

永倉はそう思い腹をかっさばきたくなったが、それを思いとどまると、偉大な将軍が忠誠を捧げた姫を抱き上げる。

物言わなくなった彼女の身体は相変わらず軽かったが、左腕一本で抱き上げるのは辛かった。部下が補助をしてくれた。

永倉は彼らに感謝すると、歳三に背を向け、きた道を南進した。

せめてハンニバルに愛するアリーシアを返そうと思ったのだ。

――いや、ハンニバルもすでにこの世の人ではないだろう。

ならばせめて一緒の墓に葬ってやろう。

そう思った永倉は、右腕から血が滴り落ちるのも気にせず、南路をひた走った。


最終幕が始まる。

蟻の女王アリオーシュは倒したが、まだ戦いは終わっていなかった。

蟻の軍団、ハイブ・ワーカーはアリオーシュの眷属であり、アリオーシュが死ねば栄養を補給できなくなり、死に絶える。

だがそれでもすぐに死に絶えるわけではなかった。数日の猶予がある。

蟻たちはその猶予を静かに過ごすことはせず、死に花を咲かせるために使った。

敬愛する指揮官を救うために使った。

人間の傭兵たちも同様である。

いくさの趨勢はすでに定まっていたが、ハンニバルの遺体をアシュタロトに渡すつもりはなかった。

アシュタロト軍団からハンニバルの死体を奪取すべく、永倉は軍団の残存兵を引いて敵中突破をした。

まるでモーセの十戒のように割れる軍団。

アシュタロト軍は永倉の突撃に耐えられず、道を空けると、そのまま中心地に潜り込み、ハンニバルの死んだ場所まで向かった。

そこで遺体を回収しようしている兵を蹴散らし、馬上にハンニバルの死体を乗せる。

そのまま一気に離脱を図るが、そのとき永倉の部下が尋ねてくる。

「永倉様、どこに向かうのですか」

永倉はそうだな、と、あごひげを持て余すと言った。

「未来だな」

「未来ですか？」

「そうだ。未来だ。ハンニバルは過去に生きた。地中海世界を暴れ回り、仲間に裏切られ、この世界で姫に出逢った。孫のような少女とともに生きた。姫様は現在を懸命に生きた。母親のため、部下のため、命懸けでその生涯を生きた。そのようなふたりが行き着く先は未来しかあるまい」

その言葉を聞いた部下は破顔し、「たしかにそうです」と先頭に立ち、アシュタロト軍を蹴散らした。

その後、永倉とその部下たちがどうなったは誰も知らない。

最後に彼を見た部下の報告によると、血に染まった衣服、馬まで血にまみれたその姿を見れば、とても生き延びられるはずがない、とのことだった。

歳三もかつての戦友の死を確信しているようだ。

「永倉は馬鹿者だった――」

彼は悲しみをそれ以上言語化することなく、以後、永倉新八について語ることはなかった。

こうして一連の戦役、後世、蟻戦争と呼ばれる戦役は終わりを告げた。

イスマリア伯爵が死に、その領土を奪われ、周辺諸国に大きな災厄をもたらした蟻の女王アリオーシュは死に、彼女よりも遙かに恐ろしい将軍と剣士も死に絶えた。

アシュタロト軍にも甚大な被害が及んだが、アシュタロトは民をひとりも傷つけることなく、この戦役を終結に導いた。

彼の名声は周辺諸国に響き渡ったという。

現実主義者の魔王はどのような災厄も討ち滅ぼす、民はそう彼を称《たた》えた。

†

蟻戦争はこのように終結した。

市民には大きな被害はなかったが。代りにアシュタロトの街には至る所に穴が空いていた。

蟻の軍団が掘った穴であるが、それを埋めるのに一苦労した。

俺はドワーフのゴッドリーブに穴を埋めるように指示したが、翌日、彼はその穴のひとつを有効利用しようと提案する。

「有効利用とは？」

「蟻の掘った穴のすぐ横に温泉の源泉を見つけた。それを掘って地上まで運び、大衆浴場を作りたい」

「それは悪くない。ローマの大衆浴場のようなものか」

「ローマは知らないが、市民の憩いになる」

「分かりました。それでは資金を捻出するので、温泉を掘ってください」

ゴッドリーブは「御意」と立ち去るが、俺はイヴをどう説得するか悩んだ。

財務卿であるイヴは、連日、国家の家計簿と睨めっこをしていた。

蟻の襲撃は人的被害こそ少なかったが、街への被害が甚大ではなかった。それを修復する予算を組まないといけない。

それにイスマリアから大量の難民もきていた。彼らを養うのもただではないのである。

申し訳なさそうに財務メイドに相談をすると、彼女は意外にも許可をくれた。

理由はいくつかあるが、まず第一に、ものはついでという考え方だった。

穴のすぐ側に温泉があるのならば、ゼロから掘るよりも安上がりである。

それに今回の戦いで傷ついた兵士を慰労する手段にもなる。

イヴはそれらを理由とし、大衆浴場建設の許可をくれたが、ただというわけにはいかなかった。

イヴは俺が土方歳三とイスマリアの地下で温泉に入ったことを知っていた。彼女はずるいです、と自分とも一緒に入るように迫る。

「大衆浴場は男女別々だ」

と断ろうとするが、ドワーフのゴッドリーブが余計なことを言う。

「家族風呂のスペースを設けた。それに市民に開放する前は男湯も女湯もない。一番風呂はふたりで入るがよい」

イヴは軽くガッツポーズを取るが、俺は、

「余計なことをしないでください」

と、たしなめる。

ゴッドリーブは、

「じじいは余計なことをする生き物なんじゃよ」

と、うそぶくと、建設作業に着手した。

街の修復および大衆浴場の建設は、ドワーフの技師たちの独壇場であった。

彼らのせわしない仕事を見ていると文句を言う気にはならない。

それにイヴの言葉は冗談のようなものであろう。ジャンヌではないのだから、そのような子供じみた約束はすぐに忘れてしまうに違いなかった。

俺も修復事業に没頭し、そのことを忘却させると、街が修復され、大衆浴場ができあがるのを待った。


その間、数週間あったので、ジャンヌとともに街をパトロールする。

視察も兼ねてのことだった。

昨今、アシュタロトの街は治安が悪化しつつあった。

理由は急激に人口が増えたからだ。各地から難民がやってきて、元から住んでいた住人とトラブルになっていた。

先住民には色々と言いたいことがあるだろうが、難民は被災・戦災先で財産を失ったものが多い。

いや、財産だけでなく、家族まで失ったものが多かった。

そんな彼れらは気が高ぶっており、犯罪に手を染めるものが多かった。

彼らの心を慰撫《いぶ》し、まっとうな市民に教育するのは、街の統治者としての役割だった。

今日も隣国から難民として移住してきた青年たちのグループを見つめる。

彼らは昼間だというのに、働きもせずに酒を呑んでいた。

それだけならば犯罪でもなんでもないのだが、町娘の手を引き、無理矢理酒を注がせようとするのは看過できなかった。

それはジャンヌも同じようで、自ら飛び出す。

「お前たち、悪党のまねごとはやめるの！」

凛々《りり》しく、美しく、清らかに。

聖女様の宣言は格調高かったが、迫力に欠けた。

金髪の少女は威厳よりも可憐さと可愛さに満ちているのだ。

若者たちはジャンヌに酌をさせようとするが、怒ったジャンヌは彼らに制裁を加える。

背中の聖剣を抜き出し、彼らのズボンのベルトを斬ったのだ。

情けなくもベルトを斬られた若者は、両手でズボンがズリ落ちないようにしながら逃げていった。

「一件落着なの」

鼻息荒く、勝利宣言するジャンヌ。町娘は丁寧にお礼を言ってくれた。

「あの青年たちも悪気はないのです。他の街でつらい目に遭ったのでしょう」

よくできた娘さんだった。彼女に感化された俺は彼らにそれ以上罰は与えない。ただし、のちほど忍びに調べさせて、教育的指導はする。

ドワーフの建築会社に就職させ、その性根をたたき直させるつもりだった。

汗水たらして働けば、嫌な記憶も薄らぐだろうし、不健全なこともしないだろうと思ったのだ。

これで一件落着であるが、ジャンヌは俺の手を引く。

街角に新しい店を見つけたようだ。

また新しい食べ物屋でも見つけたかな、最初はそう思ったが、ジャンヌが俺を連れてきた先は飲食店ではなかった。

小さな本屋だった。

彼女は本屋に入るとこう言った。

「魔王、魔王、プレゼントなの。好きな本を買ってあげる」

でも、えっちなは駄目なの、と念を押してくる。

盛りの付いた子供ではないのだから、そんなものは買わないが、どういう風の吹き回しなのかは気になるので尋ねる。

「ジャンヌがプレゼントとは珍しいな。お小遣いはすべて買い食いに費やすのに」

「舐めないでほしいの。私もたまにはプレゼントをするの。日頃の感謝を形に表すの」

「先日、買い食いに出たとき、俺の分まで食べた聖女様の言葉とは思えない」

「あれはたまたまなの。今日はちゃんと本の代金を用意したの」

彼女は懐から金貨の入った袋を取り出す。結構な量だ。

最初は遠慮しようかと思ったが、ここで遠慮するのは彼女の心意気に水を差す行為かと思われた。

なので店内を見て回り、一冊だけ買ってもらうことにした。

「さて、なにを買おうかな」

本を買うとなると俄然《がぜん》テンションが上がる。

俺は本好きの魔王。一日に一冊は本を読む、活字中毒者だった。

そのような魔王を本屋に連れてきたらどうなるか、ジャンヌは想像もしていないだろう。

初めてきた本屋とあってか、俺は小一時間、本屋の棚を眺めた。途中、ジャンヌが欠伸《あくび》するくらい書架を探った。

その行動によって分かったのは、この本屋の品揃《ぞろ》えは最高ということだった。

この本屋は小説から技術書、兵学書までなんでも揃っているが、狭い店内には俺が気に入ってい
る名著であふれている。

まるで自分の本棚を眺めているようだった。

うっとりと書架を見ているが、さすがのジャンヌも飽きだしたようだ。ぐずり出すよりも先に本
を見つけないといけないかもしれない。

俺は適当な本を手に取る。表紙が気に入ったものをぱらぱらめくると、それを購入する。

買うときにジャンヌは嬉しそうに財布を出し、尋ねてくる。

「その本は？」

俺は答える。

「この本は個人が書いた自費出版というやつだな」

「自費出版？」

「出版社や本商人の手を経ず、個人が書いた本のことだ」

「そんな本を読んで楽しいの？」

「それは分からないが、この本は面白そうだ。まず装丁がいい」

立派な装丁をされた本を軽く握りしめる。

その姿を見てジャンヌは「それはよかったの」というが、なにが嬉しいかは分かっていないよう

だ。

まあ、これは本好きだけに分かる高揚感だった。いつかジャンヌとも共有できるといいが、そんなことを思いながら城に帰り、本を読む。

なかなかに面白い本で、夕食になるまで俺は読みふけるが、ふと思い出す。

「――そうか、自分で本を出版することも可能なんだな」

読み専門だった俺は改めて出版に思いをはせると、夕食後、筆を取った。

とある本を書き写し、写本を作るためだった。すべて手作業で自分で行う。それは執務のあとに行う恒例儀式となり、俺のライフワークともなった。

†

執務に写本、それに治安維持活動などをしながら、一ヶ月ほど過ごすと、街の修復は終わり、大衆浴場も完成のとき迎える。

修復はともかく、大衆浴場がこんなにも早く完成したのは望外であった。

これもドワーフ族とその長ゴッドリーブの活躍のおかげであるが、どうしてこのように早く完成したのだろうか、尋ねてみる。

「理由は簡単じゃ。早く魔王殿の跡取りの顔がみたい」

「どういうことですか？」

と聞いてみると、アシュタロトの温泉の効能に「子宝」という項目があるらしい。安産の効果もあるとのこと。

「…………」

まったくもって不要な効果であるが、ゴッドリーブは他にも余計なことをしてくれる。

「市民に披露する前に魔王様の試浴の機会を設けた。イヴの嬢ちゃんには伝えてあるから、観念して一緒に入るように」

イヴもその約束を覚えていたようで、朝から上機嫌だった。心なしか薄化粧をしているようにも見える。

そのようなテンションでいられると断りづらい。

それにここで思春期の少年のように恥ずかしがれば、魔王の器量を疑われるだろう。

そう思った俺はイヴと大衆浴場に向かった。

途中、イヴが指を絡めたそうに小指を当ててきたが、さすがに恥ずかしいので手を握ることはできなかった。

大衆浴場はもちろん、男女別々であるが、今日は関係者のみの試湯の場、大きな浴場をふたり占めしていいらしい。

なので脱衣場には誰もいない。イヴに先に服を脱ぎ、入るように命じる。

俺は軽く施設を見学してから脱衣場に向かう。

数分遅れで湯船に向かうが、大衆浴場の奥からカポンという音が聞こえる。

蒸気が辺りを包み、視界が悪いが、この奥にイヴがいるかと思うと緊張してしまう。

しかし、何度も言うが、後に大魔王になる男がこのような場所で怖《お》じけ付いていれば後世の笑いものとなるだろう。

覚悟を決め、湯船に入る。もちろん、湯船に入る前に身体を清め、イヴに対しては互いに背中越しになるように配慮する。

幸いとイヴはジャンヌのように積極的ではないから前を向けなどと言ってこないが、互いに背中を預けるほうが余計に意識してしまう。

イヴは痩身であるがとても艶めかしく、美しい存在なのだ。

改めてそのことを思い出した俺は、言葉の選択肢に困る。

「…………」

消去法でしばしの沈黙を選択すると、イヴから声を掛けてきた。

「……あの、お背中をお流ししましょうか」

「……ありがとう」

と素直に厚意を受け取る。

湯船から出ると、海綿で背中を洗ってもらった。

なかなかに心地いいが、あまりイヴを意識せず、空を見上げる。大衆浴場のひとつは野外になっていた。

俺は大衆浴場建設の目的を彼女に話す。

「ここことは違う世界、ローマと呼ばれる国には、大衆浴場があった。皇帝や元老院は大衆浴場を作ることによって、市民の満足度と衛生状態を向上させたんだ」

「素晴らしき案にございます。このアシュタロトの街もローマと呼ばれる国と同じように世界帝国へと発展していくでしょう」

「だといいがな」

「必ず実現します」

自信満々のイヴ。根拠は魔王が俺だからだそうだ。

「まあ、必ず実現させないとな。この世界を平和なものにしたい」

「平和なものですか」

「ああ、矛盾しているかもしれないが、この世界から戦争を無くすために戦争をしている。異世界にはパラベラムという言葉がある」

「どのような意味でしょうか」

「Si vis pacem, para bellum——ラテン語と呼ばれている言語で意味は、平和を望むならば戦いに備えよ、だ」

「なるほど、この大衆浴場の語源はそれなんですね」

「ああ、洒落ているだろう」

「洒落ています」

「愛が世界を救うなんて綺麗事《きれいごと》は言わない。結局、世界を救うのは武力なんだ。ただ、武力はそれを持つものを腐らせる作用を持った劇薬だ。だから俺はなるべく腐食せずに武力を持ちたい。だから、贅沢を戒め、市民のために金を使うようにしている」

「素晴らしい心がけです」

「ありがとう。金で幸せが買えると思ったら、大間違いだ。ただ、金で他人を幸せにすることができる。そう信じて俺は戦っている」

俺はそう言うと、しばらく沈黙をし、イヴに願い出た。

「――イヴ、これからも俺のためにその忠誠を捧げてくれるか？　その優しさと思慮で俺を支えてくれるか？」

イヴはわずかの間もなく、逡巡もなく、答えた。

「もちろんでございます」

彼女はそう言うと俺の背中を強く抱きしめた。

彼女が俺の身体と融合し、身体の一部になったような気持ちを味わった。物語ならばこのままふたりは――となる展開であるが、それを邪魔する人物が現れる。

金髪の聖女様である。

彼女は大声を張り上げながら、やってくる。全裸で。

「魔王！　ふたりでお風呂にくるなんてずるいの！　なぜ、私を誘わないの？」

それは聖女様の声がうるさく、デリカシーがないからだ、とは言えないので、彼女を迎え入れる。

イヴは俺の背中を半分、ジャンヌに譲るとごしごしと背中を洗われる。イヴのような繊細さはなかったが、垢《あか》はよく落ちそうだった。

その後、ふたりの娘と浴槽に入ると、俺たちはのぼせるまで湯を堪能した。


三人は風呂を出ると、俺が考案した牛乳を飲む。

氷精霊によってきんきんに冷やされた牛乳を売店に置いてあるのだ。瓶に紙の蓋を付けたやつである。

あれをごきゅごきゅと飲むまでが大衆浴場である。

というのが俺のポリシーであった。

俺はコーヒー牛乳、イヴは普通の牛乳、ジャンヌはイチゴ牛乳を飲むと、そのまま着替えて大衆浴場を出た。

ジャンヌは、

「気持ちよかったの。ゴッドリーブにお礼を言いに行くの」

と言う。珍しく気が利くが、それはあとにしてもらう。

城に帰る前にやることがあるのだ。

湯上がり卵肌の少女をふたり引き連れ、城下を歩く。

ジャンヌはこの道に覚えがあるようだ。

「もしかして、本屋に行くの？」

「正解だ」

「また本を買うの？」

「それは不正解」

「ならばなにをしに？」

「本屋は本を買いに行く以外にも利用法はある」

ジャンヌとのやりとりにイヴが入ってくる。

「御主人様、もしかして、本を売りに行くのですか」

「正解」

この世界の本屋は、多くが新書と中古を扱っている。

読み終わった本は売ることができるのだ。紙が貴重な世界では珍しいことではなかった。

「しかし、本好きの御主人様が本を売るなんて、よほどお気に召さなかったのですか？」

「まさか、その逆だよ。とても気に入ったから、売りに行くんだ。最近、俺が写本を作っているのを知っているだろう？」

「はい。執務のあとになにか書いていますね」

言ってくだされればそのような作業、配下に任せますのに、とイヴは言う。

「あれは俺の趣味だからな。写本自体が好きなんだよ。ましてや名著を写すのは気持ちいい。作者がどのように考えてこの箇所を書いたのか、どのような経緯でこの結論を導いたのか、推察しながら写すんだ」

事実、と俺は続ける。

「この本を書き写していた時間は俺にとって至高の時間だよ」

と三冊の本を取り出す。

「すでに三冊も写本されたのですか」

「手元の予備を入れたら四冊だ」

「まあ、すごい。そのように熱心に写される本です。どのような内容か気になります」

「これは世界一の名将が俺に贈ってくれたものだ」

俺はそう言うと、本屋に入り、その本を店主に渡すとその台詞を口する。

「店主よ、というわけでこの本を買い取ってくれ。値段は言い値でいい。内容を読み、貴殿がふさわしいと思った値段で買い取ってくれ」

眼鏡を掛けた気難しそうな店主は、胡散臭《うさんくさ》そうに俺たちを見ると、本を開く。

ぱらぱらと五分ほど捲《めく》ると、目の前に金貨を一〇〇枚ほど置かれた。

「き、金貨、一〇〇枚はすごいの！　中に宝石でも埋め込まれているの？」

「まさか、そんなものはないよ。ただ、店主は分かってくれたのだろう。この本の価値を。この本はハンニバル戦記。古代ローマ最大の敵にして、魔王アシュタロトをもっとも苦しめた宿敵のすべてが詰まった本だ。これくらいの価値はある」

俺が断言すると、店主は「ハンニバル戦記」をカウンターの後ろ、本屋で一番の特等席に置いた。

背表紙に書かれた「ハンニバル戦記」の文字は、金色に輝いていた。

俺はハンニバルの思想、戦術をより多くの人に広めたく、写本を作ったわけだが、さて、この本はどのような人物が買ってくれるだろうか。

その人物はどのようにこの本を活用するだろうか。

もしかしたらこの本が俺の敵に渡り、ハンニバルの兵法によって俺が倒される可能性もあったが、それもまた一興であった。

名将の魂が後世に引き継がれないよりも何倍もましである。

そう思った俺はわずかに頬を緩ませると、その顔を周囲のものに見せないように彼女たちに背を向けた。

城に帰るのである。

俺たちはハンニバル戦記に背を向けると、それを書いた老人に別れを告げた。

電撃の新文芸

リアリスト魔《ま》王《おう》による聖《せい》域《いき》なき異《い》世《せ》界《かい》改《かい》革《かく》Ⅳ

著者／羽《は》田《た》遼《りょう》亮《すけ》

イラスト／ひたきゆう　キャラクター原案／ゆーげん

2020年11月17日　初版発行

発行者／青柳昌行
発行／株式会社ＫＡＤＯＫＡＷＡ
〒102-8177　東京都千代田区富士見2-13-3
0570-002-301（ナビダイヤル）
印刷／図書印刷株式会社
製本／図書印刷株式会社

【初出】……………………………………………………………………………………………

小説投稿サイト「小説家になろう」(https://syosetu.com/)にて掲載されたものに加筆、訂正しています。

ISBN978-4-04-913498-8　C0093　Printed in Japan

ファンレターあて先

〒102-8177
東京都千代田区富士見2-13-3
電撃文庫編集部

「羽田遼亮先生」係
「ひたきゆう先生」係

超世界転生エグゾドライブ01
—激闘！　異世界全日本大会編—〈上〉

著／珪素
イラスト／輝竜　司
キャラクターデザイン／zunta

一番優れた異世界転生ストーリーを決める！
世界救済バトルアクション開幕！

　異世界の実在が証明された20XX年。科学技術の急激な発展により、異世界救済は娯楽と化した。そのゲームの名は《エグゾドライブ》。チート能力を４つ選択し、相手の裏をかく戦略を組み立て、どちらがより迅速により鮮烈に異世界を救えるかを競い合う！　常人の9999倍のスピードで成長するも、神様に気に入られるようにするも、世界の政治を操るも何でもあり。これが異世界転生の進化系！　世界救済バトルアクション開幕！

電撃の新文芸

ステラエアサービス

曙光行路

著／有馬桓次郎
イラスト／よしづきくみち

緋色の翼が導く先に、
はるかな夢への
針路がある。

　亡き父に憧れ商業飛行士デビューした天羽家の次女“夏海”は、高校に通う傍ら、空の運び屋集団・甲斐賊の一員として悪戦苦闘の日々をスタートさせた。

　受け継いだ赤備えの三式連絡機「ステラ」を駆り、夢への一歩を踏み出した彼女だったが、パイロットとして致命的な欠点を持っていて——。

　南アルプスを仰ぐ県営空港を舞台に三姉妹が営む空の便利屋「ステラエアサービス」が繰り広げる、家族と絆の物語。

悪役令嬢になったウチのお嬢様がヤクザ令嬢だった件。

著／翅田大介
イラスト／珠梨やすゆき

ケジメを付けろ！？型破り悪役令嬢の破滅フラグ粉砕ストーリー、開幕！

「聞こえませんでした？　指を落とせと言ったんです」
　その日、『悪役令嬢』のキリハレーネは婚約者の王子に断罪されるはずだった。しかし、意外な返答で事態は予測不可能な方向へ。少女の身体にはヤクザの女組長である霧羽が転生してしまっていたのだった。お約束には従わず、曲がったことを許さない。ヤクザ令嬢キリハが破滅フラグを粉砕する爽快ストーリー、ここに開幕！

異世界最強の大魔王、転生し冒険者になる

著／月夜 涙
イラスト／ヨシモト

**最強の魔王様が身分を隠して
冒険者に！ 無双、料理、恋愛、
異世界を全て楽しみ尽くす!!!!**

神と戦い、神に見捨てられた人々を救い出した最強の大魔王ルシル。この戦いの千年後に転生した彼は人々が生み出した世界を楽しみ尽くすため、ただの人として旅に出るのだが――「１度魔術を使うだけで魔力が倍増した、これが人の成長か」そう、ルシルは知らない。眷属が用意した肉体には数万人の技・経験・知識が刻まれ、前世よりも遥かに強くなる可能性が秘められていることを。千年間、そして今も、魔王を敬い愛してやまない眷属たちがただひたすら彼のために暗躍していることを。潰れかけの酒場〈きつね亭〉を建て直すために、看板娘のキーアとダンジョン探索、お店経営を共に始めるところから世界は動き出す――。

転生魔王による、冒険を、料理を、恋愛を、異世界の全てを《楽しみ尽くす》最強冒険者ライフが始まる！

隠居勇者は売れ残りエルフと余生を謳歌する

疲れた元勇者が雇ったメイドさんは、
銀貨３枚の年上エルフ!?
美人エルフと一つ屋根の下、
不器用で甘い異世界スローライフ！

魔王を討伐した元勇者イオンは戦いのあと、早々に隠居することを決めたものの、生活力が絶望的にたりなかった……。そこで、メイドとして奴隷市場で売れ残っていた美人でスタイル抜群なエルフのお姉さん、ノーチェさん、ひゃく……28歳を雇い、一つ屋根の下で一緒に生活することに！　隠居生活のお供は超年上だけど超美人なエルフのお姉さん！　甘い同棲生活、始めました！

著／逢坂為人
イラスト／淡雪

電撃の新文芸

異修羅Ⅰ

新魔王戦争

全員が最強、全員が英雄、
一人だけが勇者。"本物"を決める
激闘が今、幕を開ける——。

魔王が殺された後の世界。そこには魔王さえも殺しうる修羅達が残った。一目で相手の殺し方を見出す異世界の剣豪、音すら置き去りにする神速の槍兵、伝説の武器を三本の腕で同時に扱う鳥竜の冒険者、一言で全てを実現する全能の詞術士、不可知でありながら即死を司る天使の暗殺者……。ありとあらゆる種族、能力の頂点を極めた修羅達はさらなる強敵を、"本物の勇者"という栄光を求め、新たな闘争の火種を生みだす。

著／珪素
イラスト／クレタ

電撃の新文芸

由比ガ浜機械修理相談所

第25回電撃小説大賞《読者賞》受賞作
君に、幸せになってほしい。
でも、僕は——

二〇二三年の夏。無職の冴えない僕は、ふとしたきっかけで由比ガ浜に「機械修理相談所」を開いた。ある日、閑古鳥が鳴く相談所を、美しい女性が訪ねて来る。青空の瞳を持つ彼女は、かつての勤務先で作られたアンドロイド「ＴＯＷＡ」だった。

彼女の依頼は新しいオーナーを僕に見つけて欲しいというもの。それまでの間、共同生活を送ることになった僕は、彼女の優しさに惹かれていき——。

著／斉藤すず
イラスト／ryuga.

電撃の新文芸